编委会

顾问：

李润田　王才安　孙培新　王文金　张秉义　关爱和　娄源功

编委会主任：

卢克平　宋纯鹏　张锁江

编委会副主任：

谭　贞　张宝明　季　波　许绍康　孙君健　孙功奇　杨朝阳
王学路　冯淑霞　傅声雷　张立新

编委会委员：(按姓氏拼音排序)

蔡　军　程遂营　丁翼虎　冯淑霞　傅声雷　洪　浩　桓占伟
姬志闯　季　波　孔令刚　李永鑫　卢克平　苗长虹　祁琛云
任东景　宋丙涛　宋纯鹏　孙功奇　孙君健　谭　贞　王鹏飞
王思琦　王性玉　王学路　武新军　席卫权　许绍康　杨朝军
杨朝阳　杨光辉　杨国安　于华龙　展　龙　张宝明　张大超
张立新　张锁江

丛书主编：

孙君健

执行主编：

展　龙　杨国安　桓占伟

副主编：

丁翼虎　孔令刚

丛书主编 孙君健
执行主编 展　龙　杨国安　桓占伟

"夷门传薪学人传"丛书

夷门传薪学人传

张豫林

文玮玮 著

河南大学出版社
·郑州·

图书在版编目(CIP)数据

张豫林／文玮玮著.--郑州：河南大学出版社，2022.8
("夷门传薪学人传"丛书／孙君健主编)
ISBN 978-7-5649-5261-7

Ⅰ.①张… Ⅱ.①文… Ⅲ.①张豫林-传记 Ⅳ.
①K825.46

中国版本图书馆 CIP 数据核字(2022)第 140865 号

夷门传薪学人传　张豫林
YIMEN CHUANXIN XUEREN ZHUAN　ZHANG YULIN

责任编辑	姜　畅
责任校对	辛德萱
封面设计	翟淼淼
封面插图	陈　昌
出版发行	河南大学出版社
	地址：郑州市郑东新区商务外环中华大厦 2401 号
	邮编：450046　电话：0371-86059701(营销部)
	网址：hupress.henu.edu.cn
排　版	郑州市今日文教印制有限公司
印　刷	河南瑞之光印刷股份有限公司
版　次	2022 年 8 月第 1 版　印　次　2022 年 8 月第 1 次印刷
开　本	889 mm×1194 mm 1/32　印　张　4
字　数	90 千字　定　价　19.00 元

版权所有·侵权必究
本书如有印装质量问题，请与河南大学出版社营销部联系调换。

述往事思来者根在夷门
（总序）

夷门，是一个比开封还古老的名字。

夷门是战国魏都城的东门，因城门修在夷山之上，故名。

夷门最早的故事与魏公子无忌有关。无忌为战国时期魏国第五任君主魏昭王的小儿子。魏昭王去世后，无忌同父异母的哥哥圉继承王位，是为安釐王。安釐王封无忌于信陵（今宁陵），是为信陵君。信陵君的第一个故事是养士辅政。其时，魏国在与秦国的对抗中，处在不利地位。信陵君仿效齐之孟尝君、赵之平原君、楚之春申君的辅政方法，养士三千，诸侯因此不敢加兵于魏十余年。七十岁的夷门看守人侯嬴与屠夫朱亥，均为信陵君礼贤下士所交好友。信陵君的第二个故事是窃符救赵。公元前257年，秦围赵都城邯郸，赵王的弟弟平原君求救于魏。魏王派晋鄙率兵十万，到达邺地。但迫于秦威，止步不前。信陵君听取侯嬴之计，窃取虎符，与朱亥前往邺地。在晋鄙对虎符有疑时，朱亥椎杀晋鄙。信陵君率兵救了赵国。侯嬴在信陵君到达邺地时，自刎于夷门。

窃符救赵的故事发生一百余年后，司马迁寻访战国争雄的史迹，来到夷门。对千金一诺、侠义热血故事颇有兴趣的司马迁，在《史记·魏公子列传》中做了上述精彩描述，扣人心弦犹如小说家言。信陵君事迹很多,司马迁只记礼士与救赵;信陵君在魏养士三千,详写的只有侯嬴与朱亥。传记的结尾,意犹未尽,作者再次称赞信陵君不耻下交的礼士精神:"吾过大梁之墟,求问其所谓夷门。夷门者,城之东门也。天下诸公子亦有喜士者矣,然信陵君之接岩穴隐者,不耻下交,有以也。名冠诸侯,不虚耳。"仁而谦恭,礼贤下士,成就大业。这是夷门叙事的第一重启示。

公元前99年,司马迁为李陵事获罪,受腐刑,因著书事业而隐忍苟活。受刑的第二年,朋友任安写信询问情况,司马迁写下了传诵千古的《报任安书》,完整描画了一个知识人最高最完美的理想:"近自托于无能之辞,网罗天下放失旧闻,考之行事,稽其成败兴坏之理,……凡百三十篇。亦欲以究天人之际,通古今之变,成一家之言。"据此话推定,《史记》已大致完成。今传《史记》有《太史公自序》,其有感于自己身世,而追述中国历史中圣贤发愤著述的传统:"昔西伯拘羑里,演《周易》;孔子厄陈、蔡,作《春秋》;屈原放逐,著《离骚》;左丘失明,厥有《国语》;孙子膑脚,而论兵法;不韦迁蜀,世传《吕览》;韩非囚秦,《说难》《孤愤》;《诗》三百篇,大抵圣贤发愤之所为作也。此人皆意有所郁结,不得通其道也,故述往事,思来者。"这种圣贤发愤著述的传统,是司马迁完成《史记》的支撑力量,也化为以立言为志的中国士人生生不息的精神资源。"究天人之际,通古今之变,成一家之言"与"述往事,思来者",共同成为读书人立言著述的最高理想。身为记述唐尧以来中国历史的史官司马迁,历史上却没有留下他本人卒年的记载。近代王国维考证,司马迁大约卒于汉武帝末年。勤奋于"述往事,思来者"之业,究天地之际,通古今之变,成一家之言,燃烧自我之身,不计身后之名。这是夷门叙事的第二重启示。

公元960年,北宋政权以开封为都城建立,从而创造了继唐代后又一个统一王朝的辉煌时代。此时距司马迁《史记》成书,已过去千年。夷门不在,夷山依旧。夷山之上,北宋皇祐元年(1049年)建起了开宝寺塔。塔体外立面均为褐色琉璃砖,浑似铁铸,民间俗称"铁塔"。1912年,铁塔南麓,建立了一所大学——河南留学欧美预备学校(今河南大学前身)。河南大学的学生均以"铁塔牌"自称。铁塔成为这所大学毕业生最早的 logo(标签)。当年椎杀晋鄙的朱亥,因窃符救赵之功,被授相印,其封地原名聚仙镇,在北宋末,改称朱仙镇。岳飞抗金,取得朱仙镇大捷,也终没有挽救北宋王朝的命运。北宋的成功,在文治而不在武功。20世纪40年代,陈寅恪为邓广铭《宋史职官志考正》作序,有"华夏民族之文化,历数千载之演进,造极于赵宋之世"的称赞。一个以唐史研究见长的史学家,推重赵宋文化,绝非偶然。赵宋时期城与市合一,不需要再像《木兰辞》所言那样"东市买骏马,西市买鞍鞯"。城与市合一的开封,勾栏瓦肆林立,充满着人间烟火气。唐宋以来实行的科举制度,使寒族子弟也可以像世家子弟一样,通过个人的努力,通达社会与文化上层。读书人生气聚集之时,赵宋时期出现了士大夫阶层。士大夫具有超越特定族群、特定利益阶层的历史眼光和宽阔胸怀。祖籍大梁的北宋大儒张载不失时机提出的"为天地立心,为生民立命,为往圣继绝学,为万世开太平"的"横渠四句",成为新兴士大夫群体理想抱负的经典表达。士大夫群体的思想文化创造力活力四射,宋代理学家、史学家、文学家、音乐家、书法家、艺术家层出不穷,群星灿烂,造诣均达极高水平。宋代理学家将儒释道合一,重建儒学体系。新的儒学体系高扬道德的旗帜,以修齐治平调节士人人生期待,以伦理纲常整饬社会秩序。陈寅恪称赞欧阳修晚年所撰《五代史》的功劳在"贬斥势利,尊崇气节,遂一匡五代之浇漓,返之淳正。故天水一朝之文化,竟为我民族遗留之瑰宝。孰谓空文于治道学术无裨益耶?"五四运动过后二十余年,在抗战的炮火中,陈寅恪坚信造极于赵宋之世的华夏文化,本根未死,终必复振。理想、信念、毅力、气节,是读书人的禀赋;立心、立命、继绝学、开太平,为读书人的价值与责任。以治道学术服务国家人民,乃读书的正途与根本。这是夷门叙事的第三重启示。

北宋时期的国子监所在地位于现在的龙亭一带。明代这里辟为周王府。清初,河南贡院一度迁至辉县百泉,清顺治十六年(1659年)河南贡院在周王府旧址修建。因地势低洼积水,雍正九年(1731年)河南贡院迁至夷山南隅。1841年黄河发水,拆河南贡院房舍防洪,第二年重修,新建号舍万余间。1900年的庚子事变,北京用于国家会试的贡院被毁,河南贡院因房舍完好、交通便利,而在1903、1904年成为科举会试所在地。1905年废除科举,河南贡院就成为上千年科举制度的终结地。1912年,河南有识之士在河南贡院的校舍上创办河南留学欧美预备学校,1923年改建为中州大学,1930年易名省立河南大学。因此,从这套丛书的一个人物林伯襄1912年担任河南留学欧美预备学校的校长开始,河南大学叙事便与夷门叙事有了交集,夷门叙事所体现出的精神基因便在河南大学传承延展。与时俱进,百折不挠,在国家、民族站起来、富起来、强起来的百年沧桑中,河南大学以振兴教育、培养人才服务于民族自立、国家复兴和区域发展,成为中原大地高等教育的一棵参天大树。参天地之化,养浩然正气,育万千桃李,以教育报国。此为夷门叙事的第四重启示。

在河南大学迎来110周年校庆之际,学校编写出版"夷门传薪学人传"丛书,嘱我为序。在准备出版的二十多种学人传中,有在河南大学发展的重要节点上做出了重大贡献的主政者,绝大多数是在学校发展的不同时期在学术进步、人才培养方面成绩突出的教授。名人有言:"大学者,非谓有大楼之谓也,有大师之谓也。"这些学者教授就是河南大学的大师。河南大学建立110年来,对国家、对民族的贡献,大部分是通过一代又一代心系桑梓、植根教育的千千万万教育工作者实现的,上述学者教授是千千万万教育工作者的代表。在河南大学这所百年名校中,"究天人之际,通古今之变,成一家之言"的学术创新是他们完成的;"为天地立心,为生民立命,为往圣继绝学,为万世开太平"的学术理想是他们实践的;"参天地之化,养浩然正气,育万千桃李,以教育报国"的百年辉煌是他们参与创造的。这是河南大学110年校庆要编辑出版"夷门传薪学人传"丛书的唯一理由。

有形夷门在司马迁生活的时期已经颓毁,而无形的夷门,留在司马迁的《史记》中,留在宋儒的横渠四句中,留在科举旧地与新式教育的交接中,留在河南大学生生不息的生命意志中。

在河南大学建校110年之际,河南大学的注册地移至郑州,但河南大学的办学精神,已经融入河南大学的基因与血脉之中。河南大学从留学欧美预备学校的成立,到今天的"双一流"建设,何尝不是河南有识之士与黄河儿女的"发愤"之作!国家兴亡,匹夫有责,读书人更有责。司马迁"发愤","述往事,思来者"而著"史家之绝唱,无韵之离骚";河南大学"发愤","述往事,思来者"而有发展进步的大手笔、大思路。让我们为之共同奋斗。

放眼寰宇的河南大学,根在夷门。

关爱和
2022年7月

(作者为河南大学教授、博士生导师,中国近代文学学会会长。曾任河南大学校长、党委书记。)

目　录

第一章　辗转的年少时光(1933—1950) …………（ 1 ）
　　第一节　逃难 ………………………………（ 1 ）
　　第二节　辗转 ………………………………（ 9 ）
　　第三节　回乡 ………………………………（ 11 ）

第二章　初为人师(1950—1956) ………………（ 14 ）
　　第一节　全能的小学教师 …………………（ 14 ）
　　第二节　不情愿的师范教务干事 …………（ 15 ）
　　第三节　改变命运的春天 …………………（ 18 ）

第三章　在大学的熔炉里(1956—1960) ………（ 22 ）
　　第一节　美轮美奂河大园 …………………（ 22 ）
　　第二节　仰望的教授们 ……………………（ 25 ）
　　第三节　读书"奏鸣曲" ……………………（ 27 ）
　　第四节　初入文工团 ………………………（ 30 ）
　　第五节　"文艺宣传打头阵" ………………（ 34 ）
　　第六节　艺术创作高产期 …………………（ 37 ）
　　第七节　那个舞蹈队的姑娘 ………………（ 41 ）

第四章　深造(1960—1964) ……………………（ 50 ）
　　第一节　独树一帜的示范课 ………………（ 50 ）
　　第二节　毕业分配闹了"乌龙" ……………（ 51 ）

第三节　再上考场 …………………………（ 53 ）
　　第四节　"恶补"的三年 ……………………（ 54)
第五章　我就是一个"教书匠"(1964—1994) …………（ 57 ）
　　第一节　教了一辈子美学 …………………（ 58 ）
　　第二节　没有著作等身的理论家 …………（ 60 ）
　　第三节　播音专业奠基人 …………………（ 72 ）
第六章　退而不休(1994至今) …………………………（ 93 ）
　　第一节　新生第一课 ………………………（ 94 ）
　　第二节　薪火相传 …………………………（101）
　　第三节　"笃学修行,不坠门风" ……………（106）
　　第四节　让朗诵走近大众 …………………（110）
后记 ……………………………………………文玮玮(116)

第一章　辗转的年少时光
（1933—1950）

第一节　逃难

1941年深秋，广武县古荥镇（今河南省郑州市古荥镇），一位年轻的母亲带着一双年幼的儿女，淹没在逃难的人群中。

那个年头的河南，正处于天灾人祸、内忧外患的重重打击之中，民不聊生。

花园口决堤。1938年5月19日，徐州失守。日军继续沿陇海线向西进犯，1938年5月23日，兰封（今河南省兰考县）失守。几乎与此同时，驻守商丘的第八军所部黄杰又不战而逃，这使得位于兰封与商丘一带的中国军队处于日本军队的东西夹击之中。在这种形势下，距离兰封50公里的开封，失守几乎成为定局。开封失守，意味着郑州即将危急，郑州危急，武汉就会受到震荡。千钧一发之际，蒋介石决定"以水代兵"——扒开黄河，阻挡日军的进犯，并告诫部下"要打破一切顾虑，坚决去干，克竟全功"，不要有任何的犹豫。就这样，6月9日凌晨，经过两天两夜不停地挖掘，几乎在距郑州30公里的中牟失守的同时，花园口（距郑州市区北郊17公里处的黄河南岸的渡口）也终于挖开了。这就是历史上著名的"花园口决堤"。花园口决堤冲断了陇海铁路,暂时阻断了日军的入侵。日军放弃了原来的作战计划,改道从长江北岸进攻武汉。4个月后,武汉失守。花园口决堤没有挽救武汉失守的命运,却给沿岸的老百姓带来了致命的打击。国民政府《豫省灾况纪实》如此勾勒出黄泛区灾难图:泛区居民因事前毫无闻知,猝不及备,堤防骤溃,洪流踵至;财物田庐,悉付流水。当时澎湃动地,呼号震天,其悲骇惨痛之状,实有未忍溯想。间有攀树登屋,浮木乘舟,以侥幸不死,因而仅保余生,大都缺衣乏食,魂荡魄惊。其辗转外徙者,又以饥馁煎迫,疾病侵夺,往往横尸道路,填委沟壑,为数不知几几。幸而勉能逃出,得达彼岸,亦皆九死一生,艰苦备历,不为溺鬼,尽成流民……

决口造成大片地区被淹,数以万计的人被洪水吞没,加之百姓没有疏散与防范的经验,水灾之后瘟疫、霍乱横行,死者众多。根据官方的统计,自1938年到1946年,河南共有中牟、尉氏、西华、鄢陵、扶沟、淮阳、太康、睢县、杞县、广武、郑县、柘城、项城、商水、开封、鹿邑、通许、洧川、沈丘、陈留20个县形成了黄泛区,计有150余万人伤亡,其中死亡32万多人,117万人沦为灾民,房屋损失146万多间。

自然旱灾。从1941年起,河南的自然灾害已经初见端倪,各地遭受水、旱、风、雹、霜、蝗等各种自然灾害。花园口决堤造成了1941年至1943年连续两年的大旱,为大众熟知的"1942大饥荒"其实从1941年就开始了。从1941年的夏秋两季开始,河南本该雨水充沛的季节,却连一滴雨都没有下,反而骄阳似火。

第一章 辗转的年少时光（1933—1950）

"昔日肥沃的土地已经龟裂成块，最后变成沙化的土地，完全不适合耕种。原本有河南粮仓之称的滑县，连续三季颗粒无收"。

黄河水退后，形成了一片长达400多公里的黄泛区，豫东平原的万顷良田沃土变成了沙滩河汊，无法耕种。此后黄河水连年泛滥，频繁决口。黄泛区土地经过大旱炙晒后，撂荒的土地又成为蝗虫迅速滋生的温床。

1941年7月24日的《申报》报道："豫省近半年来，战旱水雹霜蝗各灾，无所不有，灾情惨重，报灾县份，截至6月底止，已达百余县之多。"根据当时河南省赈济委员会公布的《元月至十月各县灾情调查表》，遭受旱灾的共有61个县，水灾29个县，蝗灾7个县，遭受风灾、霜冻、冰雹的有52个县。严重的自然灾害，使当年的农业产值下降。

军粮赋税。灾情使生活每况愈下，大量的受灾百姓一窝蜂地涌入国统区，以求在这里得到庇护，然而，数以万计的难民汇入，使得国统区的粮食负担进一步加重。同时，河南境内原本就长年驻扎着数十万国民党军队，军粮的供给方式一直沿用的是古老的后勤保障方式——"就地取材"，也就是由部队驻扎省份供给。如此一来，河南的粮食收成中又有很大一部分要交军粮，这对河南的老百姓来说无疑是雪上加霜。从1937年抗战爆发到1942年河南遭灾，在这五年多的时间里，河南出兵出粮的数量都位列全国第一。这样沉重的负担，即使风调雨顺，河南农民在交粮纳赋之后，也只能靠野菜杂粮勉强度日。

日军攻陷郑州。那个年代的郑州虽然只是一个小县城，但是地理位置极其重要，是中国的交通枢纽，日本人早就盯住了郑州，攻下郑州，就扼住了中国的"咽喉"。"花园口决堤"使得日军暂时放弃了沿平汉线进攻郑州和武汉的计划，中日两军隔着黄泛区对峙了三年之久。1941年9月，日军发动第二次长沙会战。为了牵制中国军队南下支援长沙，10月2日凌晨，日军配备了步兵、骑兵、化学兵约5万余人，百余架飞机，70余辆战车以及大批重炮，兵分三路，分别从界马、琵琶陈、荥泽口强渡新旧黄河，向郑州发起猛烈进攻。由于突袭速度快，再加之使用了化学武器，虽郑州军民拼死抵抗，依然寡不敌众，最终于10月4日失守。

日军进城后，烧杀掠夺无恶不作，对郑州百姓进行了疯狂的报复：大白天公开杀人；开着坦克日夜在街道上横冲直撞；轮奸妇女，并在长春桥头（今德化街、二七路、人民路、解放路交会处）悬挂两颗人头，以示淫威……更让人震惊的是，日军在郑州郊区的古荥镇上河王村大肆杀戮，制造了震惊中外的"上河王大惨案"，全村56户人家近百人被残害，妇女为不受凌辱，20多人投井自尽。

哀鸿遍野，饿殍满地。在这样的时局下，逃难成了百姓不得已的选择，逃荒、逃灾、逃日军……

大部分的百姓选择逃往陕西。选择逃往陕西的首要原因自然是日本人没有打进陕西。黄河天堑、百里崤函古道、第一要塞潼关，这些险峻的地理环境让日军无计可施。1939年之后，日军疲于应付华北和华中战场，无暇西顾。与此同时，陕西的抗日军民在境内建成了坚固的工事，配备了强大的火力，殊死抵抗，日军最终未能侵占陕西的一寸土地，也使陕西成了抗战的大后方。

第二个原因，也是一个比较重要的原因，是河南到陕西通火车。抗战中，京汉铁路被毁，陇海铁路几乎成为灾民们逃难的唯一生命线。在没有交通工具、全靠双脚步行的古代，人们没有选择，一般都是四散逃难。当有了火车这种快速、便捷、大容量的交通工具，逃难的人群就会一窝蜂地拥向通火车的地方。通火车，意味着路上颠沛流离的时间将大大压缩，节省出来的时间，对于生活在太平盛世的人来说，如白驹过隙，但是对于身处水深火热中的灾民来说，就是生命的成本。所以，通火车的陕西便成了灾民们的最佳选择。

还有一些历史原因：陕西、河南两省人民历来友好，来往频繁，生活习惯、饮食习惯都比较相似；先前逃难的河南人有很多选择陕西并定居，这为后来的灾民们提供了心理依靠。

而综观河南周边的省份，也几乎没有可供灾民选择的目的地：平型关大捷后，山西几乎全部沦陷；中原会战后，冯玉祥残部南撤，河北全境沦陷；东面的李宗仁指挥完台儿庄战役后，也不敌日军，率军撤至山区打游击；日本的华中派遣军在臭名昭著的松井石根指挥下，对南京平民进行大屠杀后，沿长江而上。河南的北、东、南三面都在日军的进攻路线中，所以灾民们只有西撤进入陕西。

文首提及的那对年幼的兄妹和他们的母亲，跟所有逃难的百姓一样，目的地也是陕西，但是较之其他人，他们去往陕西的原因多了一条——去投奔在同官（今陕西省铜川市）教书的父亲。

小男孩叫张豫林，刚满8岁，出生在古荥镇一个中农家庭，家中有外祖父、外祖母、父亲、母亲和比他小3岁的妹妹。外祖父张继范高小毕业，是十里八乡人人敬仰的"文化人"。在旧社会能读到高小

5

毕业,着实不是一件容易的事情。新中国成立前外祖父就经常义务教乡亲们读书认字。到了解放初期,党和政府为了解决群众的读书识字问题,广泛开办民校、夜校、识字班,这种教育机构对于提升民众的文化水平起到了极大的推进作用。外祖父长年在民校做义务教师,教人认字并传播先进思想,多次当选为模范,受到群众的拥戴。母亲张文逢先是在古荥镇任小学教师,到陕西后又任初中音乐教师,对张豫林和妹妹在音乐方面的影响很大,是他们艺术道路上的引路人。父亲娄湘涛是吉林省榆树县人,九一八事变前离开家乡在外求学,毕业于上海东亚体育专科学校,后定居河南,与家乡断了联系,新中国成立前曾任中学体育教师、训导主任,新中国成立后任开封十二中校长。母亲姊妹三人,家中没有男丁。张豫林出生时,外祖父征得孩子父亲同意后,让外孙改随自己的"张"姓,当作张家长孙,并取名豫林。豫,自然是指河南;林,指吉林。名字中不仅包含了父母的故乡,也寄托了长辈对孩子的无限宠爱与希冀。

1940年之前,这个家庭的生活较为平静,经济来源主要依靠家中土地收入以及父母的工资。因家中土地有20余亩,所以生活水平较之一般的农户家庭要殷实些。张豫林是家中唯一的男丁,再加上父亲一直在四川教书,他大多数时间是跟祖父母一起生活,必然得到了祖父母的宠爱。他亲身经历了祖父在农忙之余走街串巷教人认字的过程,心中便燃起了对"学文化"的渴求。小豫林自5岁(1938年)起跟着母亲在其任教的小学生活,白天母亲上课的时候,他就搬着小板凳坐在教室里"旁听",晚上母亲忙完学校的事情,就教小豫林和妹妹唱歌。母亲站在讲台上教书的样子给小豫林留下了极其深刻的印象,让他对教师这个职业有了直观的认识,耳濡目染之下,心里便也萌生了将来想要去传播知识的种子。

二年级(1941年)还没读完,日寇攻打郑州。连年的灾荒加上日军的入侵,使得大批百姓不得不离开家乡去寻找一个安全的、能吃得饱饭的落脚之处。那时候,父亲因为工作调动,从四川自流井到同官县教学,母亲决定带着一双儿女,随着逃难的大军一起奔赴陕西。

但是逃难的路,好难、好漫长啊!

据说那个时候,每天都会有千余人逃离故土。路上,放眼望去全是逃难的百姓。前面提到,从河南到陕西是通火车的,但是在1939年,国民政府为了防止日军西犯,拆除了郑州至洛阳段的铁路,因此,逃难的百姓需到洛阳后才能坐上火车奔赴陕西。从古荥镇到洛阳这段路程,即便是选择在今天比较顺畅的高速公路模式,也有120公里左右,更何况在当时那种道路崎岖、只有马车这一种交通工具的大环境下。所以,这段路程对于只有8岁的张豫林和5岁的妹妹来说是多么的艰辛。幸运的是,相对殷实的家境让他们有能力选择坐马车,不然的话,这母子三人只能像大多数苦难的人一样,一步一步走到洛阳。小豫林和母亲、妹妹被挤在马车最边上一个小小的角落。越往西走,离山区越近,道路越崎岖,马车在路上不停地颠簸。拥挤的车厢、萧瑟的秋风,让从小没吃过苦的小豫林备受煎熬。后来他才知道,那种感觉叫"晕车",原来晕车不止会出现在乘坐机动车的情况下。年幼的他们风餐露宿、食不果腹地不停颠簸,晕车也在所难免了。然而这对从小衣食无忧的兄妹在逃难的过程中出人意料的懂事,虽然难熬,却没有哭闹,默默地坐在母亲身边,看着故土一寸寸远去……

终于到了洛阳。洛阳火车站人山人海,来自河南各地的灾民都在这里汇聚。时值 1941 年底,还未到 1942 年大饥荒的时候,人数虽然没有达到峰值,但是由于政府还没有大规模、系统性地开始赈灾,所以洛阳火车站一片混乱。母亲带着小豫林和妹妹在人群的推搡中挤上了"闷罐子车"。这种闷罐子车原本是用来运送邮件和包裹的,在运输紧张时期也会临时被用来运送旅客。从外观上看,闷罐子车跟油罐车很像,但是闷罐子车的车顶是方的,也就是说,闷罐子车其实就是一个四四方方的车厢,没有窗户,只有一个推拉门,密封性非常好,地上铺着草垫子,供灾民席地而坐。由于没有窗户,车厢内没有光线,空气也不流通,又聚集了大量的灾民,整个车厢内昏天黑地,又闷又热,夹杂着各种难闻的味道,让人喘不过气来。火车走走停停,缓慢地在陇海线上爬行,只能听到单调的"咔嚓咔嚓"声,没有人知道到了哪里,也没人知道什么时候能到达目的地,坐在里面简直是度日如年。

从洛阳到潼关,从潼关到西安,再从西安转乘咸铜线,历经20 多个小时的"闷罐子车"旅程,母子三人终于到了同官县。看到亲人的那一刻,他们仿佛见到了救星一般。但是由于父亲长年工作在外,兄妹俩对父亲难免生疏一些。到同官的第一个晚上,小豫林和妹妹局促地坐在教师宿舍的床上看着父亲,父亲温和地问:"听说你俩很会唱歌?"兄妹俩认真地点点头。"那就唱给我听听好不好?"先是小豫林唱了一首,紧接着妹妹唱了一首,听罢妹妹的歌,小豫林不甘落后又唱了一首,然后是妹妹……就这样,兄妹两个争先恐后地唱了50多首歌,父亲高兴得合不拢嘴,兄妹俩也开始跟父亲亲近了起来。

第二节　辗转

父亲在刚刚建成的同官县立初级中学教书,这所学校新办成不久,校长严木三在教育界颇有名望,学校的教风严谨、学风优良。在学生的眼里,父亲是一位"关东好汉",讲一口地道的东北话,四十出头的人了,仍像一个朝气蓬勃的青年,精力充沛、意志旺盛、手脚勤快,好像永远闲不住。父亲平时严肃寡言,学生们都很敬畏他,但他从未体罚过学生,即使是严厉的批评,也是态度诚恳。虽然在工作作风上,父亲似乎有些独断,但他依然是个好老师。[①]

父亲对小豫林兄妹同样严厉,为了让他们接受良好的教育,便把他们送到大成街小学读书。大成街小学是当时同官县颇具规模的公立正规高级小学,是一所完全小学,学习的课程有语文、算术、常识、游唱、体育、工艺等。"高小"最后一年还加有珠算一门课。这是一所专门修建的规范性学校,不是通常旧址新所改建的。学校有宽阔的宫殿式的油漆红柱大门,环境优雅而清净。走进学校大门,一条笔直的道路像中轴线一样,把学校房舍对称地

---

① 郭亚文:《铜川市第一中的前身:同官县立初级中学》,https://www.sohu.com/a/354032048_120055466,访问时间:2022年8月17日。

分割在两旁。登上面对校门的三个台阶,迎面是一座高大的穿衣镜屏风,仿佛随时都在检验着每个人的仪容仪表。越过屏风,是一座别致的校园小广场。沿中轴线上两个台阶,则是一条过廊,过廊的两旁排列着四间小格花门窗的教室。学校的最后面是校内操场,操场的正对面有一座戏台。①学校每周一次的演讲和例行的唱歌、演剧都在这座戏台举行。小豫林在这所学校读书三年,这个戏台是他最向往的地方,虽说第一次登台做演讲的时候,出现了因过度紧张只说了一句就完全忘词的尴尬场面,但是慢慢地,他越来越体会到在舞台上表演的乐趣,小豫林艺术方面的天赋也是在这里得到了初步的释放与展示。

父母在中学教书,兄妹俩在大成街小学念书,这样平稳的日子过了三年。随着父亲工作的变动,一家人又开始漂泊。

1944年6月,父亲调入富平县一中,张豫林和妹妹在窦村小学读书一年;1945年6月,父亲到黄龙山简易师范任校长,小豫林在校内的小学读书半年,年纪最小,功课却最好,颇得老师们的喜爱;1945年12月,一家人又随父亲回到富平县,张豫林高小毕业后考上了富平一中,但在那儿只读了半年;1946年,抗日战争胜利半年多后,辗转多地的一家人终于回到了故乡。

在陕西的五年,母亲做出了很大的牺牲,她原本是一个有知识、有艺术天赋的女性,在中学做音乐教师期间就显示出了音乐方面的才能,但是后来随着张豫林弟弟的出生,母亲又要照顾一

---

① 铜川大视野:《铜川最早的两所学校 一个距今已有近300年历史》,https://new.qq.com/rain/a/20201211A08LRC00,访问时间:2022年8月17日。

家人的生活起居,于是便辞去了教学工作。在张豫林的心目中,母亲是一位伟大的女性,她对子女的教育非常重视,不论在什么样的环境下,不论自身的工作和家事多么繁重,都不会忽视几个孩子的教育。不论是教学,还是做家务,母亲都是一把好手,她身上不仅具备中国传统女性的贤淑、勤劳与坚韧,还具备了新时代女性的聪慧、睿智与果敢。

第三节 回乡

回到河南后,父亲调入郑州市私立明新中学(原郑县中学)教书,不到13岁的张豫林跟随父亲在这里读了一年的初中,但是他的成绩却不太理想:也许是因为当时他的年纪较小,贪玩成性;也许是因为多年辗转于不同的学校,经历不同的老师,导致学习不够系统;也许是不适应学校的课程设置。当然,还有一个重要的原因:时值解放战争反攻时期,关于共产党和国民党的风言风语不绝于耳,老师无心教书,年纪尚小的张豫林内心也受到震荡,像大多数孩子一样无心学习。

读了一年初中后(1947年),父亲因在工作中与教导主任闹矛盾而离开明新中学,到武陟师范学校教书。张豫林和妹妹又随父亲到了武陟师范学校上学,在中二下班(相当于现在的初中二年级下学期)读书。当时,国民党已呈现出节节败退的颓势,但是仍然不放弃抵抗,利用学校大肆宣扬不良言论,并大力吸纳学生加入反动组织。正处于意识形态形成期的学生们,面对动荡的局势,面对四散的流言蜚语,有些受了蛊惑站错立场,有些则继续懵懂。成年后的张豫林再回忆起那段时光，更加坚信教育事业对于立德树人和民族振兴、社会进步的重要性。

1948年冬，武陟师范学校由小茶堡迁至木栾店。已经中三年级的张豫林由于家庭困难，上学面临困境。当时刚刚成立的太行第四专署公立焦作师范学校在武陟师范学校招收两个师范班，在父亲的建议下，他和妹妹报考了公费的焦作师范，张豫林考入师范二年级，妹妹考入一年级。这样一来，由于不需要缴纳伙食费和住宿费，父亲的经济负担减轻了一半，兄妹二人继续上学的意愿也得以实现。

1949年6月，焦作师范学校迁往沁阳，更名为省立沁阳中学师范部。

虽然在沁阳中学求学的这段时光并不长，却是张豫林成长最快的时期之一。

首先是生存生活能力方面的成长。考入焦作师范之后，兄妹俩第一次离开父亲的保护，一切都要变得独立起来。那几年，几乎都是兄妹俩相依为命度过的。多年后，张豫林还能清晰地记起他和妹妹从古荥镇扒火车去焦作上学的情景。飘着鹅毛大雪的隆冬，寒风刺骨，两个十来岁的孩子背着沉重的铺盖卷孤单地走着。他们要先步行一个多小时到南王村的广武车站坐火车。过了广武站就是黄河铁路大桥，由于长年战事的损坏，大桥的运载能力极大削弱，运送乘客的"火车"其实就是一个平板，以小型机车作为牵引动力，人们并排坐在上面，两手紧握住身侧的横杆扶手，从双腿垂下的空隙里，能清晰地看到湍急的河水。张豫林和妹妹一动也不敢动地坐在"车"上，任凭双手冻僵了也

第一章　辗转的年少时光（1933—1950）

不敢松手，生怕手一松就会坠入身下的黄河。过了黄河，下了火车，兄妹俩要徒步五六十里路，才能到达学校。为了抵抗寒冷与恐惧，张豫林和妹妹就一路引吭高歌："风吹那个雪花满天飘，咱队伍在前边打得好……"这首当时最"流行"的歌剧《刘胡兰》插曲，陪伴兄妹俩走过了一程又一程。

更重要的是精神层面的成长。沁阳中学是一所革命的学校，从五四运动到解放战争胜利，在校学生以各种各样的形式参与到反帝反封建的爱国斗争中来，他们或散发传单进行宣传，或编创剧目激发人民抗战热情，或向反动政府游行示威，或罢课请愿支持革命运动……后并入的豫北中学更是革命者的摇篮，先后为济源、王屋、垣曲等县培养进步青年 2000 余人。建国初期的沁阳中学，通过举办座谈会、时事学习会、讲演会、展览会等方式，激发师生爱国热情，并鼓励广大师生走向社会，深入工厂、农村开展宣传活动。① 沁阳中学的教育对张豫林的人生观、世界观和价值观的建立起到了决定性的作用。同时，这个时期也是张豫林文化知识学习最为扎实的一个时期。学校设置了政治、语文、数学、自然、化学、物理、历史、地理、外国语、体育、音乐、美术等课程，加之教师们理论联系实际的教学原则、严谨的教学态度、启发式的教学方法，使得张豫林在课程学习上得到了系统性、实质性的提高。

1950 年 12 月，17 岁的张豫林于沁阳中学师范部毕业，并服从了组织分配，留教沁阳中学附属小学，成为一名光荣的小学教师。

---

① 参见河南省沁阳市第一中学 1997 年编纂的《沁阳第一中学校志》。

第二章　初为人师(1950—1956)

张豫林在师范读书期间就显露出了出众的艺术才华,因此,学校一早就"盯"上了他,等他一毕业,就把他留下来填补人才缺口。

第一节　全能的小学教师

从小就在教师家庭长大的张豫林对他的第一份工作表现出了极大的热忱,况且又是自己梦寐以求的理想职业,他每天都像上足了劲儿的发条,过得充实而有意义。

刚成立不久的沁阳中学附属小学设置一到六年级,每个年级大概有四五十个学生,开设语文、算术、政治、常识、音乐、体育、美术、地理、历史等课程,与同一时期、同等级别的学校相比,这个课程设置算是比较完备的。学校给张豫林预设的岗位是音乐老师,不承想,张豫林除了自小数学成绩不好不能教算术课,一年级到六年级的任一学科,他统统手到擒来,尤其擅长语文、音乐和体育。从小就跟着爷爷学识字、跟着母亲"旁听"的张豫林非常喜欢看书,早早地就接触了古今中外的文学作品,在语文课上他总能将各个人物形象讲解得栩栩如生、引人入胜;得益于母亲音乐方面的启蒙,以及在陕西读书时培养起来的音乐素养,张豫林的音乐才能在那个年代显得尤为突出，无论是雄壮激昂的革命进行曲还是悠扬婉转的浪漫主义新民歌，经张豫林的好嗓子一唱，马上能吸引来无数"粉丝"；体育方面的才能得益于他的父亲，父亲毕业于鼎盛时期的上海东亚体育专科学校，张豫林在跟随父亲上学的几年时间里，不仅跟着父亲学习了田径、体操、球类等体育运动，在父亲给校运动队指导训练的时候，张豫林也总是在旁边悉心观摩，因此他会用剪式、俯卧式、跨越式三种方式教学生跳高，也擅长篮球、排球、乒乓球等各种球类运动，他还自己编创了一套广播体操，供全校师生强身健体，深受大家喜爱。

学生中最小的七八岁，最大的十八九岁，都对这位才华横溢的年轻教师印象深刻、赞赏有加，甚至还有些崇拜。张豫林收获了满满的成就感。

然而渐渐地，张豫林开始"不满足"了。正所谓教学相长，在教学的过程中，张豫林逐渐感觉到自己的知识储备有限，越来越不能满足工作的需要，在成就感退去之后，他冷静下来，萌生了继续学习深造的想法。

第二节　不情愿的师范教务干事

1951年5月，沁阳中学师范部校长李勃然等人到焦作重建焦作师范学校。是年8月，以沁阳中学部分行政人员、教职员工为基础，焦作师范学校成立，李勃然任校长，沁阳中学四个班的师范学生也随同迁往焦作。① 张豫林也在这批调动的人员名单中。

由于张豫林当时的学历是初师(相当于初中毕业),而焦作师范学校是中师院校(相当于高中),他自然不能再继续从事一线教学工作,学校重新分配给他的岗位是教导处干事,这对张豫林来说是一个全新的工作。他每天的工作内容就是排课、录入学生成绩、记录教师考核考勤情况、收发各类统计表格并搞好汇编与归档,以及各种通知、通告、请示、总结、会议纪要等公文写作,甚至讣告的撰写也由他来完成。这与他内心想要的工作状态完全不是一回事。他诚然深知"革命工作只有分工不同,没有高低贵贱之分","任何工作都有其价值和意义,都是社会主义建设中不可或缺的"这一道理,但是他认为教导处干事这个岗位的工作内容比较程式化,只要细心,大多数人都可以胜任,他还是渴望能从事更能体现自身价值的工作,还是渴望能继续站上讲台,传道授业。由于深知自身学历层次不够,他多次向学校提出继续深造的申请,但都被学校以"工作需要,服从分配"为由驳回。

张豫林服从组织纪律。虽然倍感工作无趣,但是未将情绪带入工作,并且在工作之外,他还找到了更有意思的事儿:

有一位叫游联胜的同事,毕业于华中师范学院音乐系,在张豫林的眼中,他是一个颇具音乐才华的人。人们总是喜欢跟那些富有才华并且志同道合的人做知己,于是,他开始向游联胜请

---

① 参见河南省沁阳市第一中学1997年编纂的《沁阳第一中学校志》。

教、学习。他跟随游联胜系统地学习了乐理、声乐、钢琴、二胡，并且利用业余时间勤学苦练，渐渐地，他就能跟科班出身的"师父"合奏、合唱。音乐，不仅为张豫林打开了艺术的大门，更让他逐渐生发了审美感悟，感受到了韵律之美，感受到了声音、节奏、情感之间的关联，感受到了所有的艺术形式都是发乎人的心弦，并最终引发人的共鸣。

张豫林（中）与游联胜（左）在河南省焦作师范学校门前的合影

他还和图书管理员成了好朋友。新建成的河南省焦作师范学校藏书丰富，这让张豫林很是兴奋。以前从没见过这么多书的他，一有时间就泡在图书馆里。有一位名叫冷佩昆的中年女老师是图书管理员，她留意了张豫林很长一段时间，发现这个年轻人出现在图书馆的频率特别高,而且每次来都要待上很长的时间,直到闭馆才恋恋不舍地离开,一个人来一个人走,来的时候兴高采烈、步履匆匆,离开的时候虽然总是若有所思却心满意足。她断定这是个追求进步的青年,所以对他颇为赞赏。每次张豫林借书或者找书的时候,冷老师总是特别关照,一来二去,他们成了好朋友,图书馆也成了张豫林业余时间最常去的地方。书读得越多,张豫林想要继续学习的信念就越坚定,他越来越迫切地想要提高与完善自己。

第三节 改变命运的春天

1956年1月14日至20日,中共中央在北京召开了关于知识分子问题的会议。周恩来总理在会上做了《关于知识分子问题的报告》,提出了"向科学进军"的号召。自此,报纸上每天都在报道我国科学界和高教界的进步景象。张豫林被这种氛围极大地感染着,他觉得自己求学深造的春天终于要来临了!

他又一次来到学校领导的办公室。这一次他的步伐格外坚定,内心也不再忐忑,他把刊发有"向科学进军"相关社论的《人民日报》递给领导,理直气壮地说:"我要响应国家号召,向科技进军!我要考大学!"面对"尚方宝剑",这位多次驳回他请求的领导只能默默应允。张豫林迈着轻快的步伐走出办公室,踏上了为考大学而日夜拼搏的征程。

虽然在教学上是一把好手,但是对于只有初师学历的张豫林来说,想要翻越高考这座大山,还是需要付出超越常人的努力。

第二章 初为人师（1950—1956）

他的第一志愿学科是中国文学系，其次是俄语系、音乐系、政治教育系、历史系。中国文学系是他一直以来的意愿，当然这其中还有一个很现实的原因：不用考数学，也不用考物理、化学等理科，只需要考语文、政治常识、历史和地理这四门课程。这对文科见长的张豫林来说绝对是个"利好消息"，让他觉得考上大学不是那么遥不可及。

然而，备考的路上困难重重，除了自己的心理压力，还有外部隐形的阻挠。"向科学进军"的号角吹响之后，国家为培养干部是制定了不少优惠政策的，比如允许带工资脱产补习等，但是学校内部却有个别人不怀好意地暗中施加压力，故意无端地给张豫林增加工作量，让本就烦琐的工作更像是永远也做不完。无奈之下，他只能把备考安排在工作之外的业余时间里，很多时候都是学校熄灯之后秉烛夜读，以及在别人用来休息的周日，他全天都泡在图书馆……张豫林写下一首诗时时刻刻勉励自己：

冰封太行千里寒，
虚度年华自羞惭。
男儿热血正旺时，
岂学懦夫空悲叹！

经过3个多月的苦读备战，高考终于来临了。

全国高校统一考试招生制度是1952年正式实行的，但是由于当时的教育发展水平所限，大多数地方都没有安排统一考试的条件，只能将各地的考生集中到中心城市统一进行考试，张豫林要赶赴新乡参加考试。1956年7月15日，他身兼双重身份来到了考场：一个身份是参加高考的考生，另一个身份则是负责带学生参加高考的教务干事。也就是说，张豫林要和他的学生们一同考试。他的心情很激动，也很复杂：激动的是终于盼来了这朝思暮想的一刻；复杂的是，虽说学生比自己学历高，但是学生都考上了，老师没考上，多多少少还是有些没面子。

但当他看到高考试卷的时候，顿时释然，泡在图书馆里储备起来的知识，此刻犹如标准答案一般跃然纸上。张豫林到现在还记得当年高考的作文题——那是语文试卷的第一道题目——"我生活在幸福的年代里"。这个作文题目让从小经历战乱、饥荒，此刻能平静地坐在教室里参加高考的他感慨颇深。张豫林奋笔疾书，洋洋洒洒，原本要求 75 分钟内完成的作文，他用了一半的时间就写完了。

四科考毕，张豫林走出考场，剩下的就是等待了。不同于现在网络查分的快捷，那时候是通过邮寄信件通知考试结果。张豫林与其他的考生一样，开始了漫长的等待，等待那纸可以改变他命运的录取通知书。

1956 年 7 月下旬，在全国开展肃清暗藏反革命分子运动的热潮中，河南省焦作师范学校全体教职工赴新乡进行了为期一个月的政治学习。在一个例行的学习日结束之后，张豫林准备回宿舍，只听见门口人声鼎沸，同事们聚集在一起不知道在看什么热闹，有个声音大喊道："张豫林，快来看这是什么！"张豫林忍不住好奇走向人群，忽然眼睛一亮，原来是通知书到了。当年通知书的发放和现在有所不同，不论录取与否，都会寄发通知书，只有细看信件内容才知道是"被录取"还是"未被录取"。他颤抖着双手打开了信封，赫然看到"被录取"这几个字时，激动得不能自已。无数次在脑海中想象的场景如今真实地上演了！张豫林以224.5分的成绩被河南师范学院(今河南大学)中文系录取。

那一年,"向科学进军"的方针极大地提升了知识分子的社会地位,激发了人们投身科学事业的无限热忱,也让无数像张豫林这样渴求知识、希冀进步的年轻人有了改变命运的契机。

第三章　在大学的熔炉里
（1956—1960）

1956年9月，张豫林又一次背着铺盖卷出发了，不过这一次的目的地是他心中神圣的象牙塔——河南师范学院。

第一节　美轮美奂河大园

20世纪50年代初，全国范围内开展高等学校院系调整工作，以"培养工业建设干部和师资为重点，发展专门学院和专科学校，整顿和加强综合性大学"为方针。调整原则有：一、基本取消原有系统庞杂、不能适应培养国家建设需要干部的旧制大学；二、为国家建设所迫切需要的学科专业予以分别集中或独立，建立新的专门学院，使之在师资、设备上更好地发挥潜力；三、将原来设置过多、过散的摊子，予以适当集中，以便整顿。工学院、师范学院成为发展的重点。综合性大学被大量砍掉，保留的也只设文、理科。高校集中到几个中心城市。①

在1952年开始的院系大调整中，河南大学的文、理科虽然

---

① 朱传志：《河南大学的雄起、沉寂与复兴》，载李文山主编《百年流韵》，河南大学出版社，2012，第97页。

都保留了下来,但是根据国家的精神和政策要求,将原综合大学性质改为师范性质,将水利、植物病虫害、畜牧兽医、土木、数理等系分别并入武汉大学、华中农学院、江西农学院、湖南大学等高校。而后,河南大学与平原师范学院合并,改名为河南师范学院,平原师范学院改为河南师范学院第二院。后因管理不便、系科重叠、规模不大等原因,对两院系科进行了调整,文科院系调整至位于开封的河南师范学院,定名为开封师范学院,理科院系调整至位于新乡的河南师范学院第二院,定名为新乡师范学院,由此,开封师范学院仅设置了中文、历史、地理三个系和俄文专修科。如此这般,几年下来,学术实力雄厚、享誉国内外的河南大学变成了开封师范学院,成为一所纯文科的师范学院。[1]

不少在这个时期就读的河大校友,纷纷在自己的回忆录中称:这是河南大学办学历史上最为"式微"的时期,开封师范学院的校徽也成了历史上最缺乏光彩的一个牌牌。[2]

即便如此,开封师范学院的中文、历史等系科仍然有一些名教授在,这些根基扎实的教授的风骨和几十年积淀起来的深厚底蕴,让开封师范学院依然"是个读书的地方"。而这,也是张豫林在填报高考志愿时,将河南师范学院(入学后2个月即更名为开封师范学院)中文系作为第一志愿的重要原因。

初入校园,张豫林便深深地陶醉了,这是一所怎样的学校

---

[1] 姚伟、姚晨雨:《折枝成林之三:院系调整 河大变身开封师院》,《大河报》2012年7月12日。

[2] 孙荪:《根基——我在大学时代的读书生活》,载李文山主编《百年流韵》,河南大学出版社,2012,第258页。

啊:浑厚对称的南大门是传统的中国牌楼样式,古色古香、敦厚庄重,却又精美得巧夺天工,连飞檐上的神兽都栩栩如生;经由南门步入,所见皆是美景——巍峨堂皇的大礼堂与南门遥遥呼应、相得益彰,巧妙结合中西建筑风格的六号楼优雅而浪漫,拱顶飞檐的七号楼颇具宁静典雅的风范,玲珑别致的东西斋房分列两侧,静穆端凝的铁塔风铃声余音绕梁……

张豫林不禁心生感叹:这真正是大学该有的样子!

关于这所美丽的校园,历来赞美之声不绝于耳。同为开封师范学院中文系毕业的鲁枢元回忆自己在1958年第一次见到这座校园的时候写道:"第一次是在1958年的秋天,那时我12岁,正在开封第八初级中学读一年级……有一天,我们又牵着羊上了城墙,当我把山羊拴在炮楼旁边的一棵小树上,刚刚转身时,'灵光'出现了:在我眼前,湛蓝的天空下有一片我从未见过的美景,一座又一座巍峨的宫殿,飞梁画栋,绿树环抱;一排又一排别致的洋楼,鲜花遍地,曲径通幽,简直就是民间故事里讲的广寒宫落在了地上。楼宇间,能看到一些青年男女在散步、在交谈、在读书、在打球。我一下子想不出来,灰蒙蒙的开封市怎么会有如此亮丽的一个去处。我在城墙上看到的这个'仙境'其实就是河南大学的校园。"[①]

张豫林怀揣着对大学的无限神往,浸润在这座静谧而充满生机的校园里,开启了为期四年的大学时光。

---

① 鲁枢元:《灵光——我与河南大学》,载史周宾、马翠轩、万合利编《百年聚焦》,河南大学出版社,2013,第8页。

第二节　仰望的教授们

1956年的初秋,"国内的气氛一扫胡风事件带来的政治阴影,知识分子的精神生活开始变得相对轻松"①,校园的治学、求学氛围也回归了本应有的沉静祥和。在新建成的十号楼124教室里,张豫林无数次领略了他心目中才望兼隆的教授的风采:时任中文系主任的李嘉言先生是享誉全国的楚辞专家,是闻一多先生、胡适先生的高足,他开设的"楚辞",是中文系的名牌课程之一。嘉言先生面容清癯,上起课来却气场十足,不仅对作品的内涵意蕴乃至产生背景烂熟于胸,对诸家见解也如数家珍,更可贵者在许多重要关节之处,有自己独到的看法,他旁征博引而又归结到一字一句,一字一句几乎就是一部文学史、家族史,诗人个人一生的奋斗史、情感史与心灵史。② 高文先生与李嘉言先生同为著名的唐宋专家,他学识渊博,"于古文字学、声韵、训诂、群经、史籍、诸子百家、佛典、道藏、金石、书画之学,以至辞赋、诗歌、词曲、小说,都有很深的造诣,尤以古文字学、书法、楚辞、中国文学史的研究见长"③,高先生的课堂富有情趣,他是一位善于"煽情的讲解家",往往能将古文学中的经典名句与时下现状

---

①　刘增杰:《在中文系主任的位置上——怀念李嘉言老师》,载李伟昉、张润泳主编《雅什清歌蕴无穷——河南大学文学院学人往事》,河南大学出版社,2012,第1页。

②　孙荪:《根基——我在大学时代的读书生活》,载李文山主编《百年流韵》,河南大学出版社,2012,第258页。

③　顾浩:《胡小石研究·序言》,《东南文化》1999年增刊。

巧妙地结合起来，并加以情绪饱满的讲解，让学生身临其境，对文学作品留下深刻的印象。华锺彦先生是一位极其讲究课堂章法和注重教学活动安排的学者，他的课堂语言清晰干净、流畅简洁，基本以讲解自己的学术观点为主，没有过多的引用。华锺彦先生还善于吟唱，凡是重要的唐诗名作，他都会将讲解与吟唱结合起来，讲解鞭辟入里、吟唱余音绕梁。张豫林最青睐的教授当数万曼①先生，万先生身材高瘦，戴着深茶色的眼镜，时常身着深色的合体西服，或许是先生亦擅长英文翻译的缘故，他总像是一名英国绅士。万先生治学领域宽广，博古通今，学贯中西，治学严谨且学风正派，主要教授的是文学理论课程。课堂上的他，声音低缓而沉静，语言严谨，要言不烦，甚至没有一句多余的话，他每堂课的内容几乎都可以整理成一篇学术论文；万先生对青年人呵护有加，无论是在学术上还是生活上都会无私地提供帮助，并且极力支持学生健康进步的文艺和学术活动。万曼先生对张豫林产生了很大的影响，以至于多年后步入教学岗位的张豫林，无论是教学课程的选择、授课的方式，抑或是师德的塑造，都得惠于万先生。

还有一大批同样德才兼备的先生、教授。那个时期的大学

---

① 万曼（1903—1971），天津人。原名万礼黄，笔名万曼、匡术、徐蒙。作家。1929年后历任南开中学、济南师范、南洋中学、洛阳中学、天水师范、梓潼师范、开封高中、武昌育杰中学等教职。1937年主编《前哨》，1942年主持《北海文艺》社工作，1945年任天水《陇南日报》主编。1949年任中原教育部编审科长，河南文教出版社副社长。1951年调开封院中文系，历任系副主任、现代文艺教研室主任、院科委副主任、学报主编等职。1954年加入中国共产党。撰有《淡霞和落叶》、《现代作品选讲》、《白居易传》、《杜集叙录》、《唐集叙录》等。

教授很多来自大城市，服从祖国的需要来到河南大学教书，而彼时的河大学生大多数来自农村，从小生活贫困，不仅物质条件薄弱，精神生活也很匮乏，甚至还有很多学生连基本的卫生习惯都没有养成，然而教授们平易近人、孜孜不倦、毫无怨言、鞠躬尽瘁，撑起了河南大学最"阵痛"的时期，也树立了张豫林心目中大学教授的崇高形象。在老师们的感召下，在同学们的影响下，刚入大学的张豫林沐浴在一派学风淳厚、力争上游的火热之中。

第三节 读书"奏鸣曲"

对读书的渴求，是那时每一名学子的呐喊。如何解决这种"渴求"？

图书馆自然是最好的选择。

当时的图书馆位于著名的六号楼，这座落成于1919年的建筑，不仅是河南大学第一幢楼房，也是河南大学第一座新式建筑，最初是用作教学楼，从1924年起，改做图书馆。图书馆的藏书无比丰富，20世纪50年代末60年代初，河南大学图书馆已收藏的古籍线装书，数量位居全国高校第一，总藏书量也达到近二十万册。特别是1958年，经当时开封师范学院院长、著名哲学史家赵纪彬教授提名，魏晋文学研究名家、北大才子王梦隐出任河大图书馆副馆长，主抓业务。为充实馆内文史典籍，他多次前往北京，通过北大校友的帮助，在商务印书馆、中华书局、琉璃厂旧书店等处，低价购进一批具有学术价值的善本、孤本，使河大中文、历史、外语、地理、政治、教育等优势学科的藏书结构更合理,底蕴更丰富。①

诚如耶鲁大学图书馆大门一侧的石壁上镌刻的那句话一样:"图书馆是大学的心脏。"无数河大学子都在图书馆里度过了难忘的大学时光。

然而,"僧多粥少",为了在图书馆占据属于自己的一方座席,那个年代流行一种约定俗成的方式:大伙儿用自制的棉垫子占座。当代文学评论家、与张豫林同一年考入河南师范学院的刘思谦教授在回忆大学读书时光的时候,这样说道:

一人做一个小棉垫子,代替自己到图书馆占位子,垫子一放,一方天地就归你了。明亮的光线洒在书页上,也照亮了我求真向上向善的年轻的心,只觉得这是人世间最快乐、最惬意的事情,从那时起,我就认为这是值得我终生守护的精神生活方式。②

同学们学着高年级同学的办法,一人做一个小棉垫子,代替自己在七号楼三楼阅览室占座儿,五颜六色的小棉垫子往阅览室的凳子上一放,这一方天地就归你了。中文阅览室朝南临窗那个座位,是我的读书宝地,我坐在那个板凳上一本一本地读,四年下来写了七八本读书笔记。③

在很多河大学子的心目中,就如同阿根廷国家图书馆馆长、

---

① 姚伟:《"精神家园"之四:数十万校友情满河大》,《大河报》2012 年 9 月 20 日。

② 刘先琴:《河南大学 永远的圣殿》,《河南日报》2002 年 9 月 27 日。

③ 刘思谦:《我与河南大学》,载李文山主编《百年流韵》,河南大学出版社,2012,第 270 页。

著名诗人博尔赫斯的那句名言一样:"如果有天堂,那里应该是图书馆的模样。"

而张豫林是个特立独行的人,他渴求上进,却不愿与人"凑热闹",每当有室友问为什么不见他去图书馆,他总说:"我读的是书,在哪儿读不重要。"张豫林读书的地点就在自己的宿舍。图书馆里人满为患,宿舍反倒成了难得的清静之所。

甫一入校,张豫林的宿舍被安排在丙排房的6排12号,这是一间容纳12名学生的矮仄平房,在整个校园的最北边,虽偏僻,却幽静。张豫林总是从图书馆借回一摞书,回到宿舍,坐在略比肩宽的书桌旁,打开灯光昏黄的台灯,静静品读,细细标注,这属于他一个人的空间和时间,常常让他沉浸其中,流连忘返。唯一的烦恼就是时常"光顾"的臭虫们,这些虫子怕光而喜湿,特别喜欢"驻扎"在阴暗潮湿的平房中,张豫林时常看到宿舍的墙壁上、书架上、被褥上、地面上,臭虫们大摇大摆地招摇过市,甚至于躺在床上的时候,他还经常看到臭虫正在咬上铺的郭天赐同学的腿和屁股。时不时地,正在读书的张豫林会听见"铛"一声脆响,冷不丁地吓一跳,原来是屋顶上的臭虫掉了下来,砸在他台灯的铁皮灯罩上,在静谧的空间里显得格外响亮。慢慢地,他也习惯了看书的时候臭虫时不时来"打个招呼",这一声声的脆响也成了张豫林读书时特殊的"奏鸣曲"。

河南大学厚重的文化积淀就像是无声的教诲与感召,在那个物质资源匮乏的年代里,使得一切困难都阻挡不了这群年轻人对知识的渴求:"学院学生勤奋学习的空气越来越浓:每天黎明即起,操场上龙腾虎跃;一到上早自习,整个校园一片琅琅读书声;晚自习时,教室里灯火通明,学生专心复习功课,异常安静。"①浓厚的读书氛围和学习风气,让张豫林更加深切地感受到"这真是个读书的好地方"!

第四节 初入文工团

1956年秋至1957年夏,这一年的时间是张豫林大学时代最为稳定的一年,当时党中央提出"百花齐放、百家争鸣"的方针,政治环境比较宽松,学生课余文化生活很丰富,有各种文艺社团,周末还会举办交谊舞会,这让刚进大学的年轻人感到新鲜而好奇。而提起河南大学的校园生活和学生社团组织,历来都是浓墨重彩的一笔。

自预校(河南留学欧美预备学校)时期,校园文化就十分丰富多彩,不仅融洽了师生关系,也促进了良好校风的形成。比如《河南大学校史》中有一段关于校园文化社团的记载:

> 曾有一个阶段,预校有一个"秋凉晚会"活动,当时教职员宿舍安排在西一斋,学生宿舍安排在西二斋。有一年秋季开学后,在西一斋与西二斋之间,每到晚饭后大家出来纳凉时,"秋凉晚会"的热心者就会把李燕亭先生(生化教授兼图书馆主任)的特号留声机抬出来,放在西二斋门口,播放京剧或中西音乐,听众围坐在宿舍与七号楼夹道中间。

---

① 河南大学校史修订组:《河南大学校史》,河南大学出版社,2012,第150页。

第三章 在大学的熔炉里（1956—1960）

后来"秋凉晚会"的内容越来越丰富，加入了对口相声、杂耍、变戏法等节目，最令人着迷的是周象贤同学（后曾任杭州市市长）与陈庆雄同学的杭州小调表演。周象贤模仿小姑娘用小嗓唱出，佐以陈庆雄的小提琴，唱到动情处，掌声四起，震动全校。①

以当今的眼光看来，这种形式类似于现在的曲艺社，在当时可以说是十分先进和时髦了。

到了国立开封中山大学时期（1927—1930），学生们自发成立了国剧社、豫剧社、话剧社以及当时特别活跃的书画研究会等团体，极大地丰富了校园文化生活，还培养出了很多文艺界名人，如古文字学家、音韵学家、美术史家、书法家"四位一体"的大家于安澜先生。

1955年，国家高等教育部强调要贯彻全面发展的教育方针，河南师范学院结合当时学校的实际，要求学生德、智、体全面发展，反对只重视智育、不重视德育和体育的错误倾向。在这一方针的指引下，河南师范学院文工团正式成立，分合唱队、器乐队、舞蹈队、戏剧队和朗诵队，由160余名学生组成②，是校内规模、人数、活跃度以及影响力都比较大的学生社团。热衷文艺的张豫林一下子就被这个团体吸引了，他觉得这就是他要的舞台，他觉得他就应该成为文工团的一分子，而事实上，他也真的成了

---

① 河南大学校史修订组：《河南大学校史》，河南大学出版社，2012，第13页。

② 河南大学校史修订组：《河南大学校史》，河南大学出版社，2012，第146页。

这个舞台上的一分子。

文工团是一个"海阔凭鱼跃，天高任鸟飞"的集体，来自全校的学生都可以在这里尽情释放与展现自己的专长。文工团的招新就设在大礼堂内的一间教室里，一方小讲台供参选者展示各自的特长，台下的评委都是文工团里的骨干。在看了各路"神仙"各显其能后，一位修颀的青年闯入了这些老团员的视野：这位男同学清朗俊逸，浓密的眉毛下，一双灵动而又深邃的眼目顾盼神飞，而英挺的鼻子、棱角分明的脸庞又透露着一丝坚毅，三七开的发型一丝不乱，洁白的衬衣，熨烫平整的裤脚……在那个流行淳朴的年代，无论是他的形象还是气质，都显得有些太过"洋气"了。只见这男青年气定神闲地站上讲台，他没有选择自己擅长的二胡和声乐，而是朗诵了一首诗，字正腔圆，慷慨激昂，极富感染力的表达瞬间振奋了台下的评委们，他们都记住了这位来自中文系56级12班的名叫张豫林的青年。自此，文工团的排练和演出成了他学习之余最重要的事。

文工团的这段经历似乎是张豫林最难忘的时光，每每提及，他总是兴奋不已、眼中有光，在经历了多次政治运动和思想改造之后，脑海中的很多回忆酸甜苦辣、五味杂陈，但是文工团留下的只有美好的回忆，他的"一身本事"都是在文工团历练出来的。文工团是一个很特殊的群体，大家来自不同的年级、不同的专业，每年都有人离开，每年也会有新鲜血液补充进来，永不中断。团员们怀着对文艺的无限热爱走到了一起，在日常排练和演出中，彼此的情感得到交融，结下了纯真的友谊。文工团还充分发挥年轻人朝气蓬勃、充满活力、充满激情、富于创造力的特性，成了一个一呼百应、凝聚力极强的业余文艺团队，排练了许许多多的节目，为学校组织了无数次的活动，其中有娱乐联欢的，有宣传教育的，极大地丰富了校园的业余生活，营造了校园活跃向上的氛围，展示了大学生的精神风貌。

河南师范学院文工团不仅在校内受人瞩目，在开封，甚至在省内许多城市也受到大众欢迎，其主要原因就在于他们的节目大多是自创自演，虽说是校级文工团，演员都是非专业选手，但是他们的节目编创既能反映时代洪流，又能贴近基层群众，加上大学生极具活力与想象力的表现，形成了具有时代特色和河大特色的文艺表现形式。而这些都与团员们认真刻苦的创作与编排密不可分：团员们都是利用课余时间进行创作与排练的，由于没有统一安排的排练场所，大家就以"队"为单位，"各自为战"，搞创作的同学常常挑灯夜战打磨剧本，参演的同学则充分利用学校的各种闲置空间进行集中排练，在大型演出之前，常常是吃、住都在大礼堂，对于节目的严格把控绝不亚于专业的文工团。

团员们还非常注重自身业务能力的提高。当时，时常有部队文工团到各地演出，带来了许多优秀的文艺作品与新颖的表演形式，校文工团的团员们总是抓住这难得的机会，如饥似渴地吸取营养，向专业演员们学习，再把这些好节目"因地制宜"加工创作，编排成新的、贴近本校学生和本地群众的节目。当年志愿军文工团来校演出，像是为张豫林打开了一扇大门。其中有一个节目是利用玻璃瓶内不同的水位高度敲击出美妙的乐曲，在今天看来，这不算是什么新鲜的节目了，但是在20世纪50年代，这种新颖的节目形式让张豫林大开眼界，这种"战地音乐"给他带来了无限灵感：艺术的表现可以随时随地，不受任何实际条件的限制，只要你善于发现、善于运用，生活处处都是艺术。团员们还自发组织到开封南郊的空政文工团进行业务学习，这种定期到部队文工团学习的活动非常必要，优秀的演员与剧目是沿着军区、军分区、基层部队、地方这条线源源不断地输送的，所以优秀的文艺作品必定最先出现在部队文工团。部队文工团对这些进步的青年非常热情，盛情款待、倾囊相授，不仅在文艺方面进行提点，更是在思想导向上引领了航向，因此，团员们每一次到部队文工团学习都是收获满满。

在经历了一年的学习和锻炼后，张豫林得到了很大的提升，原本就多才多艺的他，成为团里公认的"才子"，用今天流行的一个词来概括，叫作"一专多能"——最擅长的是朗诵，对导演、声乐、民乐、戏剧表演也手到擒来。总之，演出中缺少什么角色，他都可以顶上去，而且演出效果很好。

到了三年级，张豫林荣升为文工团团长。

第五节 "文艺宣传打头阵"

1958年，中国试图突破苏联教育经验的局限性，建立更加适合中国国情的社会主义教育制度，开展了以勤工俭学、教育与生产劳动相结合为中心的教育革命。开封师范学院响应国家号召，提出要做到"一帅"（政治挂帅）、"二勤"（勤俭办学、勤工俭学）、"四结合"（教育与生产劳动相结合、理论与实践相结合、脑

第三章 在大学的熔炉里(1956—1960)

力劳动与体力劳动相结合、知识分子与工农群众相结合)。① 自此,开封师范学院的师生放下书本,走出校门,到农村去与贫下中农相结合,开始了教育革命的实践。

中文系作为学校体量最大的院系,总是冲在最前面,在这场旷日持久的劳动锻炼中,中文系师生也总是到最艰苦的地方去。去北郊割水稻:一望无际的稻田像是怎么也割不到头儿,最可怕的是稻穗里有大量的"稻苞虫",还有隐藏的马鳖(水蛭)。安全起见,劳作的学生们学着老乡的样子,在地头拾两块砖头,对准稻穗用力一夹,夹死虫子后再割水稻。如此一来,工作量几乎翻了一倍,还没割几丛,腰就已经受不了了。去西郊挖水渠:每天过着"两头不见太阳"的日子,上工的时候太阳还没升起,下工的时候太阳早已落山。居住在老乡的家里:三四平方的小黑屋要容纳十来个人打地铺。张豫林把当时的情景称之为"腌带鱼",自行脑补一下还真是形象,十来个人必须侧身且紧贴着睡在稻草和草席铺成的地铺上,才勉强睡得下,可不就是像一条一条扁扁的带鱼"摞"在一起!晚上起夜更是奢望,因为一旦起身离开,再回来就没有位置了……

在这场通过体力劳动进行知识分子思想改造的运动中,累是真的累,但是张豫林也确实感受到了劳动人民的艰辛,更深深感受到了文工团的重要作用,深刻体会到了"文艺宣传打头阵"的重要意义。这种感受最初来自在应举社的锻炼与学习。

---

① 河南大学校史修订组:《河南大学校史》,河南大学出版社,2012,第151页。

那个年代的人,对应举社都不陌生。应举镇属于封丘县,西与延津县、原阳县交界,东距封丘县城12公里,相传在宋朝年间,这里是文人进京赶考途中的落脚点,在该地落脚休息的文人考试后均榜上有名,中得举人,因此得名"应举"。1958年4月15日,应举社曾因为毛主席的一篇《介绍一个合作社》而闻名。在这篇文章中,毛主席向全国推荐了一个合作社——应举社,高度赞扬了应举人民艰苦奋斗、战天斗地,改变一穷二白面貌的革命精神。应举社成为当时全国农村、农业战线上的一面光辉旗帜。一时间,全国上下都展开了向应举社学习的热潮。开封师范学院的学生也是这热潮中的一分子。

被称为"新中国毛主席的第一个农民朋友"的应举社社长崔希彦,那时已经是全国闻名的劳动模范。他不仅在抓生产、搞建设上是一把好手,做报告更是技高一筹、语惊四座,虽然只上过三年私塾,没什么大文化,但是他口若悬河,出语不俗,三言两语就能把人们的热情点燃起来,让人们看到了劳动人民的智慧与光芒。学生们被崔社长口中那一桩桩一件件先进事迹所打动。

然而,例行的报告会只是下乡学习的一部分,更广泛、更深层次的学习要通过跟老乡座谈、与老乡同劳动来完成。在学生和老乡从陌生到熟悉的过程中,文工团起到了非常好的融合作用:一场场文艺演出,给彼时精神生活匮乏的老乡们带来了无限惊喜,每到学生文工团要演出的时候,全社都像过年一样,老乡蜂拥而至;演出过程中,掌声雷动;演出结束,演员谢幕一次又一次……这样一来,自然而然地拉近了学生和老乡们的心理距离,交流多起来,也深入起来。田间地头生动的文艺节目,春风化雨般地把政策与精神渗透给了基层群众,把新文艺普及给了基层群众。

在应举社演出的过程中,张豫林更新了自己对文工团的认知。本来只是浅层次地认为文工团就是一个施展个人艺术才华的团体,编演节目、锻炼与提高自身就已经达到了目的。可现在他切身体会到了文艺工作不仅能提升自身艺术修养,更重要的是:文艺工作是桥梁,是纽带,是时代的号角,也是时代的镜子;是上情下达的助力,也是下情上传的通道;鲜活生动的文艺作品,巧过振臂高呼的口号,能产生四两拨千斤的传播效果;深入群众、团结群众,文艺是最好的动员方式。

在应举社精神的感召下,文工团团员自编自演的《崔大嫂生了个胖娃娃》等一系列由应举社真人真事改编的节目受到了应举社老乡们的热烈欢迎,引起了极大轰动。回校后,这些节目又在校大礼堂展演,为全校师生"学习人民公社"提供了丰富的素材,在同年举办的开封市文教系统会演、开封工农业余文艺会演中,《崔大嫂生了个胖娃娃》获得创作二等奖。

第六节　艺术创作高产期

20世纪50年代后期,根据"教育为无产阶级政治服务、与生产劳动相结合"的方针,全国高校普遍强调文艺为政治服务,学生课余文艺社团活动被赋予了更多的政治宣传功能,而文艺与生产劳动的结合,也为宣传工作提供了更多的养分。这一时期,文工团的演出频次相当密集,下乡演出、工地慰问演出、高校间交流演出、校内节日联欢等演出活动层出不穷。基层群众在接受文艺熏陶的同时，都会对开封师范学院赞不绝口。广泛而高质量的演出，为开封师范学院树立了光辉的形象。

而对于张豫林来说，1958年—1959年是特殊的。其间，张豫林经历了两次较大规模的"知识分子思想改造"，其一是1958年10月中文系全体师生赴太行山采矿，其二是1959年10月中文系师生1200多人到三门峡工地参加劳动。这两次的"四结合"（教育与生产劳动相结合、理论与实践相结合、脑力劳动与体力劳动相结合、知识分子与工农群众相结合）因路途遥远、持续时间长、参与人数多、劳动强度大，让张豫林至今仍印象深刻。然而对于这段时光，他更乐意提及的是，这是他在文工团艺术创作与表演的高产期。

1958年，为了达到1070万吨的钢产量，为了完成"赶英超美"的目标，全国范围内很快便形成了千军万马炼钢铁、土高炉遍地开花的局面。张豫林回忆说：当时家里、学校里凡是金属物件，全都捐了拿去炼钢，做饭的铁锅、吃饭的饭缸，甚至教室和宿舍的门把手都被送去炼钢了……

10月10日，为了大炼钢铁、深翻土地，中共河南省委决定各级各类学校一律停课20天。经校党委研究，中文系全体师生到太行山采矿。土法爆破、采矿、运矿、炼钢成了每天的必修课。对于没有从事过繁重体力劳动的大学生来说，这些工作艰巨而陌生，时至今日，运输矿石的场景还常常出现在张豫林的梦境中：曲折悠长且仅容一人通过的羊肠小道上，鳞次栉比的运矿队员鱼贯而过，每人竭力怀抱几块刚开采出来的矿石。由于没有机械化设备的加持,这些矿石只能通过这样的方式"人肉"运输。道路崎岖且漫长,负重前行,大家都是在用脚一步步丈量,即使再累也不敢停歇,一旦停歇,整个运输队伍就会乱了节奏。但也正是因为"实践出真知",这些沸腾的劳作场面让张豫林心生无限感慨。在劳动之余,他接连创作了歌曲《太行山采矿诗歌大联唱》《采矿队员之歌》等,还创作了话剧《夜战太行》,导演了话剧《运输线上》,与其他团员编创的节目一起在矿区排练、演出。这些节目犹如一支兴奋剂,为劳动强度大、乏味且单调的生活注入了活力,鼓舞了士气。

1959年,三门峡水利枢纽工程的建设进入了攻坚阶段,中文系师生又一次奔赴社会主义建设需要的地方。三门峡水利枢纽工程是治理黄河的重要环节,是确保黄河下游防洪安全的坚实壁垒。该工程受到党和国家领导人的高度重视,投入了大量的人力、物力和财力,河南大学学子也为这一浩大工程的胜利竣工做出了重要贡献。10月13日,适逢周恩来总理视察三门峡水利枢纽工程。在工地上,周总理亲切地接见了中文系师生,勉励大家把教育与生产劳动、理论与实践密切结合起来,给予学校师生极大的关怀和鼓励。[1]

周总理与中文系学生亲切握手的照片,直到今天还被人们津津乐道,而当时在另外一处工地劳动的张豫林恰巧错过了偶遇总理的机会,这让他无比遗憾。总理的接见让大家士气高涨,

---

[1] 河南大学校史修订组:《河南大学校史》,河南大学出版社,2012,第153页。

文工团团员们也加班加点创作出了新的节目,比如由张豫林主创的《三门峡大合唱》等。这些现实主义的作品极具时代特色,成为彼时社会主义建设中的真实写照。

在那个年代,专业文艺团体的节目只能作为借鉴,大量的创作仍需要基层文艺团体独立完成。由于宣传攻势不断,内容产量需求很大,而创作的周期又很短,所以,要求"现挂"能力必须很强。"现挂"本是一个相声术语,是指演员根据演出的实际情况,在适宜的情境里,联系当时当地发生的事件,现场即兴发挥。但是这里所指的"现挂"不仅仅只是演员的"现挂",更有编创者的"现挂"——随时随地根据宣传主题,结合当时当地实际情况进行快速甚至是即兴的创作。在1959年为庆祝新中国成立十周年而召开的表彰会暨国庆文艺演出中,一个名叫《群英汇》的节目是在演出前两天才开始编创的,张豫林为了这个节目付出了巨大的心血。为了创作和排练这个节目,他带领团员们连着两个晚上几乎没合眼,其中的一段数来宝的词更是演出前一天晚上才敲定的,由于排练时间短,加之连轴转造成超负荷,造成了舞台上集体忘词的现象:这边锣鼓点已经响起来了,前面舞蹈队的演员也扭起来了,本该开始说台词的团员们"不约而同"地大脑一片空白,没一个人开口。在侧台负责指挥的张豫林也愣住了,这么重要的场合,竟然出现这样的演出事故,任谁都会惊出一身冷汗。张豫林依靠多年的舞台经验,指挥乐队继续翻花儿打锣鼓点儿,舞蹈队一看乐队不停,她们也继续翻花儿地扭,表演数来宝的同学们一看没有"掉底子",原本紧张的心情也逐渐放松下来,该接的台词也就接上了,台下就座的受表彰的模范们压根儿没看出破绽，还以为这节目就是这么设计的。很多场与生产劳动相结合的第一线编创和演出的节目都是这样"现挂"来的。作为创作者的张豫林，自身就是奋战在"前线"的劳动者，是实实在在的参与者，表达情感的欲望非常强烈，即兴创作、编演的这些节目，既反映了劳动者真实的工作状态，又抒发了对劳动者的赞慕之情。这样的编创经历让张豫林意识到：真正的文艺来源于生活。这种扎根建设的切身体验，让张豫林保持了无限的艺术原创活力。

这一时期，张豫林在创作、导演、表演等各方面全面开花。

第七节 那个舞蹈队的姑娘

作为团部成员之一，张豫林工作的主要内容是根据校党委宣传部、校团委的指示和要求，排练好文工团的各项重大演出活动。担任团长之后，张豫林在文工团的工作又多了一重——做好统筹和审查工作，这也意味着与团内所有成员的关系日渐密切起来。有一个舞蹈队的姑娘引起了他的注意。

舞蹈队是文工团的焦点，她们一上台，在聚光灯下个个光彩夺目，犹如仙女下凡，她们优美的舞姿让台下观众看得如痴如醉，更是让男同学们心潮澎湃。但是吸引张豫林的不是最漂亮的舞蹈队员，而是舞蹈队的队长，他还专门找别人打听了她的名字——周改华。这个姑娘给他留下的印象是：单纯、责任心强、勤奋刻苦。每次排练，她都是最精益求精的那一个，每次分角色，她也总是"反串"演男性角色。这样的反串既脏又累，还无法显示女性的柔美,需要很强的牺牲精神。

她的业务能力也比较拔尖,两人的第一次合作是一部名叫《抢亲》的舞剧,张豫林负责导演工作。这部小型舞剧是根据四川民间故事《箱子里的黑熊》改编创作,讲的是一对恋人——猎人和村姑,巧用黑熊"抢亲",大闹地主家的花堂并怒斥地主一伙丑恶和愚蠢的故事。这部舞剧由全国总工会文工团上演后,因其鲜明的民族特色、生动的人物形象和紧凑有趣的故事情节而备受欢迎,在第三次全国文代会总结报告中被表彰为优秀节目,全国各地的文艺团体纷纷学习并表演这部舞剧。由于条件所限,校文工团无法赴北京学习与观摩,只能自己"开谱"排练,这对于非专业的学生们来说并不是一件容易的事情,再加上剧中融合了东北秧歌、河北地秧歌和川剧中的舞蹈动作等舞蹈语汇,排练起来也有很大难度,但是周改华带领舞蹈队队员们夜以继日地钻研、讨论、尝试,等到邀请张豫林来指导时,竟也像模像样,这让张豫林对舞蹈队的这名姑娘颇为赞赏。

他本以为这位吃苦耐劳又责任心极强的姑娘一定是"苦出身",毕竟"穷人的孩子早当家",谁承想,在熟识之后的攀谈中张豫林才得知她的家庭背景"不一般":她的父亲是1924年毕业于河北大学医科(现河北医科大学)的高才生,毕业后任冯玉祥将军的大校军医,曾先后任西安卫生院院长、宝鸡卫生院院长。解放战争开始后,因为看不惯国民党的腐败,与国民党划清界限并辞去工作,开始自谋职业,经朋友推荐,赴安徽任卫生事务所所长,后又到广西桂林任医学院教授。1950年,河南大学医学院给他"寄了路费",聘任他到河南大学医学院教书。周改华

第三章　在大学的熔炉里(1956—1960)

1940年出生在西安一家德国人的医院,是年父亲已经45岁,老来得女,自然宠爱些,家中又有勤务兵、厨师、奶妈、副官照顾,生活无忧,自小跟随父亲辗转,1950年5月来到开封。

到开封的那天晚上,火车停靠在开封火车站,父亲说:"到了,我们下车吧。"小改华看到车窗外黑黢黢的一片,连个光影都没有,跟她以前待过的西安等大城市比起来,这个地方"实在不怎么样",所以任凭父亲怎么叫她下车,她就是纹丝不动,直到父亲告诉她这是冯玉祥将军待过的地方,小改华才答应"下车去看看"。没想到,这"下车去看看",竟然就在开封生活了一辈子。初到开封,全家被安排在刘茂恩公馆,当时医学院的教授都居住在这里。两年后,周改华考上了北仓女中(今河南大学附属中学),六年的女中生活造就了她男孩子一般坚韧豁达的性格——以前的娇小姐不见了。女中没有男生,本应由男生干的力气活她都揽了过来;热衷文艺的她在学习之余跟同学们通力合作编排节目,作为组织者的她主动做出牺牲饰演男角……父亲对孩子的教育很是看重,经常念叨"就算是要饭,也要供孩子念完大学"。生活上对孩子宠爱有加,学业上却非常严格,自小改华上学起,父亲就让她阅读大量书籍。最高纪录是初二的暑假,在父亲的指导下,她两个月读了近60本书。原本打算继承父亲的衣钵考取医科,但是在读了这么多书之后,周改华发现自己更加痴迷于文学,所以在报考志愿的时候,毅然决然地填报了开封师范学院中文系。

刚入中文系读书,就听说中文系有"四大才子":周鸿俊、任丹、矫桂堂、张豫林。像所有倾慕才子的少女一样,周改华也想一睹才子们的"真容"。其实,她和张豫林已经见过一面了,只是彼此都不知情:那是在文工团招新的时候,张豫林就坐在评审席,换句话说,周改华就是张豫林招入文工团的,只是因为报考的新团员太多了,张豫林压根记不住,而周改华当时确实对评审席上的张豫林有印象——"有一个戴着眼镜、斯斯文文的人",但她一直以为那是文工团的指导老师,并不知道他就是大名鼎鼎的"四大才子"之一的张豫林师兄。然而,缘分就从那个时候开始了。

周改华加入文工团的时候,张豫林已经是团内的骨干了,大家对他都比较崇拜,也比较敬畏,因为他总是皱着眉头,一副很严肃的面孔,不苟言笑。新团员们更是有些惧怕他,都不敢跟他说话,周改华是唯一不怕张豫林的人。在排练舞剧《抢亲》的过程中,有一场戏是女主角村姑被地主掠走,男主角猎人怀着急切的心情要去救回村姑。周改华饰演的猎人即将上场,作为导演的张豫林感觉周改华没有进入演出状态,严厉地对她说:"你心爱的姑娘被抢走了,你怎么一点儿感情都没有?这样怎么能演好角色?!"若是其他团员,肯定被吓得不敢出声,但是没想到,周改华干干脆脆地回了一句:"我又没谈过恋爱,我怎么能知道是什么感情!"这反倒把张豫林给镇住了:这姑娘,不简单啊!

在越来越频繁的接触中,张豫林对这个"不怕他"的姑娘也越来越关心起来:由于他上大学的身份是"调干"①,每个月有将

---

① 原为国家干部,后调到学校去学习,称"调干",调干生可以带工资上大学。

第三章　在大学的熔炉里（1956—1960）

近 25 元钱的工资，除了给家寄去 15 元以及自己的生活开支，还有些许余额，他就经常买点吃的用的给周改华送去，星期天还总带着她去逛马道街，买她喜欢吃的樱桃……在一次去西郊南仁村割麦子的劳动中，张豫林因身体有恙未能参加，一连数日没见到周改华，他心里就嘀咕：这六月份的大热天里割麦子，也不知道这个"傻姑娘"是不是还是那样蛮干……

周改华自然也能感受到张豫林对她的关心和帮助，但是她一直把这位长她 7 岁的师兄看作"老大哥"，一位她打心底欣赏与敬仰的"老大哥"——她欣赏他创作时文采飞扬的才气，欣赏他导演节目时妙计频现的灵气，也敬仰他作为团领导运筹帷幄的霸气。

临近毕业，张豫林终于鼓足勇气要对周改华吐露心声。他约周改华到铁塔脚下的排房前，几次欲言又止后才开口说道："别人都说咱俩好了……"周改华当然听出了他的弦外之音，但是母亲从小就教育她：女孩子要独立，不要太早谈恋爱。所以周改华婉拒了张豫林："我年龄还小，现在不想考虑这事儿。"就这样，张豫林"灰溜溜"地离开了，两个人的校园情缘暂告一段落。

可缘分总是这样兜兜转转。毕业一年后，张豫林到人大读研，在经历了"小插曲"后，他愈发想念周改华，决定给她写信。起初，张豫林并不抱什么希望，毕竟分离了一年多，当初她又是那般婉拒，所以信中大多是叙旧与问候之词。让张豫林没想到的是，周改华竟然回信了，这让张豫林又看到了希望，于是他开始加强攻势，不间断地给周改华写信，有日常问候，亦有相思之情和企盼之意。在热烈的情诗攻势下，周改华被打动了，本就倾慕张豫林的满腹才华，看到这一首首的情诗她怎能无动于衷！

1962年3月1日,两人正式确立了恋爱关系。这一天,张豫林在诗中写道:

> 一颗希望的种子,
>
> 因为承载了心灵的阳光,
>
> 于是,它又
>
> 发芽
>
> 茁长
>
> …………

自此,两人开始了异地恋。其间,周改华大学毕业,学校考虑到张豫林在北京念书,在毕业分配时把周改华分配到了距离北京稍近的鹤壁教书,两人只有寒暑假能见面,平时只能鸿雁传书。两人约定了"死任务":一周三封信不能间断,谁不写,就罚糖。这无疑是个浪漫的约定,"罚糖"这个小小的"惩戒"听起来是那么"娇嗔"——虽是罚,罚的却是糖。糖,是甜蜜的象征,又是那个年代的稀缺品;糖,看似是惩罚,实则象征了两人甜蜜而又珍贵的爱情。

每周三封信,若无特殊情况从不间断,每封信都用毛笔写成,每封信亦奉诗一首,有诗用以表述他对她的"立场坚定":

> 用心做笔
>
> 用血做墨
>
> 凝写出赤红的忠诚
>
> 你赠我温柔的秋波
>
> 我回你激情的高歌
>
> 你送我玫瑰的花露

第三章 在大学的熔炉里(1956—1960)

  我回你炽烈的情火

亦有诗表白她对他"爱的回馈":

  爱情,

  这是心与心的撞击

  迸闪出的火花

  它不是一颗心对另一颗心

  单调的敲打

更有诗用以表达他"爱情丰收的喜悦":

  大地,大地

  快敞开你广阔的胸怀

  天河,天河

  快降下你滋育的甘霖

  太阳,太阳

  快倾出金光照耀

  幸福的种子已经下地

  看她粒粒光华灼灼

  爱情的种子已经下地

  看她颗颗饱大又肥硕

  锄草呀,锄草

  用闪光的银锄

  灌溉呀,灌溉

  用跳荡的血液

  汗呀,流干

  手呀,磨破

但是我的收获

却是双倍的多

…………

1964年,张豫林研究生毕业后,两人在鹤壁登记结婚,八月,两人在郑州市康复路招待所举办了一场简朴而又温馨的婚礼:说简朴是因为张豫林只准备了5元钱用以筹备婚礼,倒不是因为小气,而是因为确实是"捉襟见肘"。周改华从攒了一年多的工资中取出80元钱给了张豫林,这才有资金买了一床缎子被面,张豫林用剩下的钱给新婚的妻子买了一件漂亮的红色连衣裙,算是置办了些许像样的结婚用品。说温馨是因为所谓的婚礼,张豫林夫妻俩笑称是"西瓜宴",因为受邀前来参加婚礼的任丹、王明远、李建等文工团好友发现这婚宴上竟然只有两个西瓜和一盘糖,然而多年的好友情谊与浪漫的文人情怀使得谁也不在意这些,他们沉浸在对一对璧人的无限祝福中。这群年轻人带着喜悦而甜蜜的心情在一起唱唱跳跳,祝贺一对新人佳偶天成。那一天的周改华,穿着张豫林给她买的红色连衣裙翩翩起舞,她说那是她跳的最好看的一支舞……

婚后第三天,两人就各自奔赴工作岗位,开始了长达8年的分居生活,周改华带着一双年幼的儿女在鹤壁工作与生活,张豫林在河南大学教书。直至1972年11月,在时任教育局副局长韩倩之的协助下,周改华调回开封,一家团圆。张豫林和"那个舞蹈队的姑娘"携手走过了近60年的风雨,书成一段佳话,至今仍是河大园里的一道温情的风景线。

4年的大学时光转瞬即逝。

在大学这座"熔炉"里,张豫林从各个方面都得到了很大的提升。一个国家高等院校的风貌,实际上就是这个国家精神形象的缩影,开封师范学院勤勉的治学环境、优良的学风、"百花齐放"的氛围,从一个侧面映射出我国科学教育和文化艺术领域蓬勃发展、蒸蒸日上的历程,也真实体现了新中国高校健康、文明成长的历史阶段。

第四章 深造(1960—1964)

第一节 独树一帜的示范课

对于师范生来说,毕业前最后一个必不可少的环节就是教学实习。教学实习是高校教学计划的重要组成部分,也是师范生思想教育、文化知识、教育理论的综合实践课,更是教师职前教育的必要环节。

张豫林的实习被安排在河大附中教语文课,为期两个月。实习期间,同学们将课堂上所学的教学理论和教学方法用于实践,遵循着老教师的指导,基本都能将课上得有模有样。而张豫林这个特立独行的人,又开始了他的"创新"。

他在翻阅语文课本后,发现这些入选教材的课文大多都是非常经典的文学作品,如果只是按照平时的教学方法授课,着实体现不出这些经典著作的意境,况且对于教学对象来说,时代背景的不同、人生阅历的不同,让学生很难体会到作者的写作意图和表达目的,他认为利用有声语言的表达可以弥补扁平化教学方式的不足。凭借他多年对朗诵的热爱与研究,他把朗诵作为一种重要的手段纳入到教学过程中,对原文进行有声语言的艺术化处理,利用声音营造的代入感和想象力,为文学作品创造出表达意境,学生在这种意境中更能生动而直观地理解文学作品。

张豫林的这种教学方法被青年教师周鸿俊大加赞赏。同被称作"四大才子"之一的周鸿俊当时已经留校,他擅长于教学方法的创新。他觉得张豫林的这种教学方法是一次"很好的尝试",于是推荐张豫林去做优秀示范课的展示。

展示的地点就在十号楼的124教室,全年级的毕业生都前来观摩。张豫林选取的范例课文是夏衍先生的《包身工》,文章通过对包身工一天生活遭遇的描写,概括了包身工的悲惨生活,揭露了包身工制度的罪恶,控诉了帝国主义勾结封建势力压榨、虐待中国工人的罪行,表达了作者对包身工不幸生活的深切同情与关注,并指出了黑暗必将过去、光明必将来临的历史趋势。这是一篇报告文学,由于融新闻性与文学性于一体,其中有大量纪实性很强的段落描写。张豫林如泣如诉地描绘芦柴棒身处的惨状,声音低沉悠长,让人心生怜悯;他又掷地有声地对剥削者进行鞭挞,语气铿锵有力,让人看到了希望,大家都被这生动的朗诵打动了,还没有对文章进行分析与归纳,就已经知晓了中心思想与主旨大意。带着这样的"共情"进行下一步的学习,事半功倍。

这种独树一帜的教学方法赢得了满堂彩。

第二节　毕业分配闹了"乌龙"

临近毕业。

那个年代还是统一毕业分配的年代,大家都会非常关注分配去向。张豫林倒是没有为去向而发愁过,因为他觉得自己在校期间表现不错,不论是学习成绩还是社团活动以及毕业实习,均有优异的表现,这还有什么好担心的呢?所以他就静等着毕业分配的结果。

万万没想到的是,同学们的分配去向纷纷落实了,有的去了乡下,有的回了城里,有的留在了学校,可偏偏没有他的分配调令。张豫林坐不住了,去找了时任中文系团总支书记的付钢,询问调令的事。原来,时任校党委书记的韩倩之,因为是文工团的直属领导,所以对张豫林在文工团的表现印象深刻,韩书记觉得张豫林是不可多得的人才,准备招他到开封市文工团工作。韩书记还就此事专门找团总支书记谈过,所以,团总支书记付老师就把张豫林的就业分配事宜自动归置到"不用管"的状态。付老师以为韩书记肯定找张豫林谈过了,所以他就没再跟张豫林谈及此事。没有接到调令,张豫林去找付老师,才得知原来还有这样一回事。张豫林正准备去市文工团报到,却又适逢河南省机构大精简,开封市文工团的建团规模不够标准,省里要求撤销。这样一来,张豫林没了去处,而校内所有的分配工作都已经闭合了,无奈之下,张豫林只好听从建议,到开封地委[①]报到。

开封地委给张豫林安排的工作是到新建成不久的开封师专教书。张豫林从没听说过还有这么一所学校,他四处打听这所学校的地址,有人说:出了东门,一直走一直走,看到三座光秃秃的楼房就到了。张豫林果真就按这人的说法,一直走一直走,还

---

① 地区党委的简称,开封市委管辖开封市,开封地委管辖开封所属县。

真看到了那三座光秃秃的楼。办完报到手续后,学校分配给他的任务是教现当代文学。

就这样,张豫林再一次站上了讲台。

第三节 再上考场

在这所小小的学校里教书将近一年的时候,学校下发了一个通知:中国人民大学要招收一届研究生班,河南省有一个指标,必备条件有二,一是高校党员助教,二是所教学科为文艺理论及相关学科。校领导找到张豫林,告知他符合条件,建议他报考。张豫林心想:中国人民大学,那是多么让人仰望的学府啊,做梦都想去啊。可是那么高的门槛、这么少的指标,能考上吗?万一考不上咋办?学也上不成,工作也丢了,岂不是不划算?!校领导看出了张豫林的犹豫,承诺他"如果真的考不上,还回来教学",这才打消了他的后顾之忧。

高考之后,时隔五年,张豫林又一次上了考场。

临近考试他才得知,全省真正符合条件来考试的只有两个人,也就是说,从这两个人当中挑选一个人,那取胜的概率自然大了很多。到了考场,见到另一名考生,他惊喜地发现,他的竞争对手原来就是他的大学同学齐树德(曾任郑州大学中文系主任)。俩人在考场上寒暄了半天,好像忘了这是一场考试。

可是这考题是真难啊!前10道题是常识性的名词解释,后5题是简答,还有3题是论述,要求在两小时内答完。张豫林觉得头都大了:这每一题都能答成一篇论文,这么大的题量,怎能答得完呢？果然，到了收卷子的时候，张豫林和齐树德一对视，两人都还远远没有答完，张豫林试探着对监考老师说：老师，我们俩都没答完，题太多了，让我们再答一会儿呀。本只是试探，没想到老师还真的答应了，多给了半个小时。更没想到的是，原本两个小时的考试时间，那位仁慈的监考老师足足让他们俩答了四个小时。张豫林虽答了满满当当几大页，但是能不能被录取，他依然心里没底。

意料之外的是，由于报考条件限制得过于苛刻，最终，这届研究生并没有招录满额，所以，张豫林和齐树德双双考上了中国人民大学文艺理论研究生班，再度成为同班同学。

第四节 "恶补"的三年

仔细算来，张豫林的大学四年，其实真正属于学习的时间并不长，除刚入校那一年算是认认真真地上课学习之外，后面由于各种政治运动和思想改造，就只顾得上山下乡了，缺乏系统性的学习。接到中国人民大学的通知书后，张豫林暗自高兴了许久：终于又找到了一个"读书的好地方"，终于可以把大学里的空缺给补起来了。然而这种高兴没持续多久，从正式开始研究生学习的那一刻，他就被"震住了"。

能够在60年代初期听到宗白华、蔡仪、缪灵珠、何其芳、冯至、游国恩、唐弢等学术大家亲自授课，这对张豫林来说不仅是一件幸福的事情，而且也是极开眼界的事情。同时，研究生班的生源来自全国各地，大家都是各大高校出类拔萃的青年人才，

第四章 深造（1960—1964）

"都有各自的两把刷子"。让张豫林最佩服而又印象最深刻的一位同学名叫李衍柱，来自山东师范大学，与张豫林同岁。三年学习期间，李衍柱从文艺学范畴切入，系统阅读了中外历史、中外文学史、哲学史、美学史、文艺理论史的主要经典文本和马克思主义经典作家的代表性作品。他总是有独到的学术眼光，并且在蔡仪先生的指导下，聚焦于"文学典型问题"的研究，做出了相当的成就……张豫林看到了自己的差距，虽早有心理准备，却还是有了很大的心理压力。他开始了勤奋的学习生活，他从不睡懒觉，每天早上五点左右起床，洗漱完毕便进教室，一年三百六十五天，天天如此；他甚至很少度过休闲的星期天，除了吃饭、睡觉、上课，他总是坐在教室里或者图书馆里看书或写东西。他期望能在这三年里，将他缺失的部分给"恶补"回来。

在中国人民大学读书时的张豫林

浓厚的学习氛围、高效的学习节奏、大师们的倾囊相授、同学们的比肩共进,"文研班"为张豫林打开了一扇新的大门,他感受到了"人外有人、天外有天",也充分感知到了自己的差距与不足,张豫林一刻也不敢懈怠。对他来说,"文研班"就仿佛是学术大海,他求知若渴地遨游其中,知道了做学问的海洋有多么广阔,也知道了这个波涛是怎么样的惊涛骇浪,怎么样动人心弦。这三年的时光,让他完成了很多的转变:完成了从本科生到研究生的转变,完成了从爱读书到会读书的转变,完成了从擅长教学到钻研学术的转变。

第五章 我就是一个"教书匠"
（1964—1994）

1964年，张豫林完成了为期三年的"文研班"的学习。由于原任教单位开封师专被撤销（改为荥阳师范），张豫林本可以选择留在北京工作，但是他毅然决然地选择了回乡任教。后经河南省教育厅重新分配，张豫林调入开封师范学院（今河南大学）中文系任教，1978年任文艺理论教研室副主任，1979年任文艺理论教研室主任，1994年因病退休。

这是他人生节点上第三次站上讲台，也是他站得最久的一次。怀抱着对教师这个职业的热爱与执念，他在30年的时间里始终奉行"课比天大"，常笑称自己就是一个"教书匠"。

"教书匠"本不是个褒义词，然而仔细揣摩，把这个词进行拆解，却不失为对张豫林的最美诠释。"匠"的本义是木工，引申指有专门技术的工人。最近几年，一名叫聂圣哲的企业家提出了"工匠精神"的概念，在他的认知里，工匠精神是从业者的一种职业价值取向和行为表现，其内核是不仅仅把工作当作养家糊口的工具，而且要树立起对职业敬畏、对工作执着、对产品负责的态度，极度注重细节，不断追求完美和极致。敬业、精益、专注、创新是对工匠精神的完美诠释。如若将"工匠精神"与教书结合起来，那不就是张豫林一直以来都在做的事吗？！

入行,就是选择了人生的方向。在那个计划经济的年代,分配工作就是决定命运的航向。服从分配,从教一生,张豫林不仅"认了命",而且甘之如饴,他把课堂当成了自己人生的全部,对于他来说,教书不仅仅是一种社会价值的体现,更是他的一种生存方式。研究美学出身的他,一生都在追求真善美,也把自己的一生过成了真、善、美。

第一节 教了一辈子美学

得益于"文研班"的影响,张豫林将学术的触角伸向了美学领域,他对于美学的研究可以分为两个阶段:一个是20世纪80年代之前的马克思主义美学研究阶段,另一个是20世纪80年代后对于口语美学的探究阶段。

"西方文论"和"美学"是张豫林任教后讲授的主干课。在"文研班"读书期间,这两门课程的开设周期是一学年,张豫林均以"优秀"结课,为他打下了坚实的底子。他的课堂逻辑严密、主线明晰,绝不"旁逸斜出"(这得惠于大学期间万曼先生对他的影响),论辩式和质疑式的话语风格、带有问题意识的解读方法是他主要的教学方式,从柏拉图、亚里士多德到黑格尔,从古希腊、中世纪到新古典主义,他鞭辟入里又旁征博引,亦常结合中国古代美学以及诗论、词论、话论等进行横向比较与融会贯通,他的课堂不仅氛围热烈,又引人深思。

张豫林强调文艺理论的思想性,这与他大学时文工团的创作与表演经历有很密切的关系。他在学术论文《西方文论中的一颗明珠——朗吉弩斯的〈论崇高〉》中提到：崇高的风格主要决定于庄严伟大的思想与强烈激荡的感情。而对"庄严伟大的思想"的关注，使他涉足了马克思主义美学。彼时，正是马克思主义美学在中国开花结果、走向成熟的阶段。他在长年的研究中发现，西方的很多文学理论是哲学化的，往往不能直接指导创作，而马克思主义美学的中国化是马克思主义基本理论与中国的审美经验与艺术实践充分结合的产物，特别是马克思主义美学中关于"美的规律的理论"——人类创造美的活动并不是任意的，而是有规律可循的，人类是按照美学的规律来创造美的事物，要充分肯定审美主体的主体性，又不忽视作为审美创造材料的客观事物的规律性。这则理论强调了主体与客观事物的辩证关系，尤其是对于主体性的强调，是他艺术创作、学术研究的重要方向。

学术研究的道路从来没有坦途，更需要创新与突破。在20世纪80年代末期，高级口语班①开课后，张豫林的研究方向又转向了口语美学，这在当时是一个顶新鲜的学术领域，对于有声语言的美学价值以及美学观照下的口语艺术创作研究有极其重要的意义，也是形成张豫林个人艺术风格的源头。在耳顺之年还能有开创新的学术领域的勇气和决心，无疑是值得称赞和仰慕的。

他曾任河南省文学学会文艺理论研究会副会长，河南省美

---

① "高级口语班"这个名称是根据中文系的一门必修课"普通话口语"改编而来，是在基本口语基础上进行的拔高，以下简称"高口班"。

学学会副会长、秘书长,期间发表论文《普拉克劳提斯的铁床与"三突出"》于《河南大学学报》,《为列汉诺夫的艺术定义一辩》一文在全国马列文论第三届年会上宣读后,被收入大会论文集,并获得河南省文学学会优秀论文奖,为河南省的文艺理论与美学研究贡献了应有之力。

第二节 没有著作等身的理论家

人们总是爱用"著作等身"这个词来形容从事理论研究的学者成果丰硕,然而这个词并不是衡量学术水平的绝对标准。张豫林没有等身的著作,他常引用孔子的"述而不作"来形容自己。"述而不作"是孔子自谦的说法,并非真正的述而不作,张豫林亦是如此,或者更准确的说法是"述而少作":少著作,却多创作;少著作,却多作品;少著作,却多作为。他没有用理论去诠释理论,他是在用创作实验着理论,完善着理论,并与时俱进地发展理论。

一、艺术创作不辍

教了一辈子美学,张豫林始终认为,美学指导艺术创作,艺术创作又反哺美学。虽没有大量的鸿篇巨制,但是多年艺术创作实践的反哺,让他对于美学的理解与研究都更为精进。

张豫林对于艺术的热爱起始于母亲的启蒙,自孩提时起,他就对音乐产生了极大的兴趣。就读于大成街小学时,张豫林初步展现了特有的艺术天赋;于焦作师范任教务干事期间,得到毕业于华东师范学院音乐系的同事游联胜的指点,他在音律、节奏等专业技巧上获得系统性的提高;大学期间在文工团的经历使其在编、导、演各领域全面开花;留校任教后,张豫林始终坚持创作,并向多领域延伸……

扎根生活的剧本创作。张豫林对剧本创作一直抱有极大的热情,自文工团始,就创作过话剧、歌剧等。工作后他常利用课余时间进行剧本创作,最满意的作品当数话剧《送匾记》(获河南省大学生艺术节会演创作、演出一等奖)和广播剧《鸣谢启事》(在开封电视台现场直播)。剧本创作隶属于文学,又有着区别于文学的成分,因为剧作要满足观众的视觉、听觉等多种立体感受,创作者需要具备剧本知识、舞美知识和音响知识。张豫林凭借在文工团参编参演的丰富经验,对剧本创作有自己独到的见解,曾撰写《漫谈情节》等论文论述创作感想。他既熟稔古希腊的喜剧与悲剧(从亚里士多德《诗学》那里积累了戏剧美学的根基),也对文艺复兴时代的戏剧了如指掌(对布瓦洛《诗艺》里的"三一律"等理论运用自如)。

写剧本最难的就是题材的选择和结构的编排。20世纪80年代末90年代初,假货满天飞、产品质量不过硬的社会现象受到极大关注,张豫林敏锐地抓住这一选材,以反讽的手法刻画了一出打击制造假冒伪劣产品商家的"好戏"。但是,要设计出情节紧凑、冲突性强的剧本也并非易事。罗伯特·麦基就曾说过:"一部作品有75%的劳动要用在设计故事上。"张豫林设置了一个情理之中又在意料之外的情节冲突:皮鞋厂生产出了新一代的高跟鞋产品,为了打开销量,厂长欲采用"包干到户"的方法,让厂内工人每人分销200双，正当他为自己的想法扬扬得意时，却接连接到了销售商要求退货的电话，退货的原因是皮鞋质量不佳，鞋跟脱落。正当厂长找借口之时，听到窗外敲锣打鼓，秘书说是有人来给厂里送匾了。厂长一听，大喜，连忙迎进，不承想送匾之人竟是几个修鞋匠，他们纷纷感谢该厂生产的劣质高跟鞋为他们谋得了生路。剧中人物个性丰满，典型真实，形象鲜明，角色设置合理（厂长胡农仁——"糊弄人"，秘书胡曼婵——"胡蛮缠"，鞋匠甲丁德劳——"钉得牢"，鞋匠乙冯德瑾——"缝得紧"，鞋匠丙卜德言——"补得严"）。张豫林用短短十几分钟的时间，完成了一个具有讽刺意义的黑色幽默小品。《送匾记》是张豫林为"高口班"量身创作的一部剧，从题材选取、情节设置到表演空间都切合时代背景、演出场合以及演员的表现能力。

张豫林的剧本创作朴素、简单却能切中时代脉搏，弘扬真善美，他擅长用平实的笔触描绘情真意切，真切平易而又晓畅通俗；他强调剧本创作要剧场性与文学性并重，不仅要在舞台上善于制造强烈的戏剧冲突和反衬，还要揭示对社会、对人生的深刻认识。

妙手偶得的歌词创作。 张豫林酷爱音乐，吹拉弹唱无所不能；擅长文学创作，妙笔生花、字字珠玑；精于语言表达，直抒胸臆、情感充沛。这三者的有机结合正是歌词创作的必备之功。

音乐最大的弱点在于能直观地表达情绪却难以表达思想，表达思想是语言艺术与文学的特长，因此，张豫林认为歌词能使音乐由抽象的表现转化为具象的描绘。黑格尔认为音乐和诗有最密切的联系。优美的歌曲旋律能陶冶人心，歌词亦如是，这是张豫林喜爱歌词创作的原动力。张豫林擅长具有思想性的歌词创作，从思想价值来看，赋予了歌词的歌曲远远超越了纯乐曲。他在校文工团期间创作的《太行山采矿诗歌大联唱》《采矿队员之歌》《三门峡大合唱》等曲目的词作部分，生动体现了河大师生投身社会主义建设的必胜信念，用音乐为赴太行山、三门峡劳动的中文系师生加油鼓劲；1978年，为响应全国科技大会的号召，由张豫林作词、黄砚如作曲的《科技大军进行曲》在河南人民广播电台播放，吹响了"科学技术是第一生产力"的号角，增强了大学生投身科学建设的信念；1992年，在河南大学80周年校庆之际，张豫林为校歌赋词，在保留校歌庄严肃穆的格调下，融入了新时代的强音，展现了新时期河南大学的精神风貌……这些作品都是贴近时代、反映现实的佳作，具有极强的宣传性、鼓动性与艺术表现力。张豫林的歌词创作朴实无华、构思巧妙，给予作品以强烈的张力，使作品的内涵更为丰富、意境更为隽永，而他那富于美感的歌词创作也使音乐表达情绪的功能得以升华，大大扩展了音乐的社会功能。在完成自身教学任务的同时，张豫林发挥余热，于1978年至1984年在校艺术系音乐专业开设"歌词创作"课程，深受好评。

闲情雅致的诗词创作。自年轻时起，张豫林就喜爱诗歌的朗诵与创作，兴之所至，皆可成诗。他的诗歌直抒胸臆，感情充沛，节奏明快，音韵优美，朗朗上口，易于诵读。无论是年少时对爱情的感叹，还是年老时对人生的感怀，大到家国情怀，小到紫藤、残菊，他都以诗记录，他把自己对生活的热爱和对生命的感悟都融入诗歌的创作当中，以诗言志，以诗传情，以诗会友，年愈高其创作热情反而愈旺盛。

从他的诗歌中,你能感受到他对爱人几十年不变的浓浓深情,能看到他对教学实践的独特理解和思考,能看到他对晚学后辈的关怀和爱护、希望与嘱托。

自得其乐的书法创作。自人民大学文研班起,张豫林便开始自学书法,直至退休,张豫林的生活始终充满了诗情画意,他时常忘情于书法艺术之中,自得其乐。

张豫林没有受过系统专业的书法训练,也没有寻求方家指导,更不刻意要求自己每日坚持练习,他对书法的热爱纯粹是一种发自内心的兴趣使然。不为传统章法所囿,不为成名成家,只求自身情感的抒发宣泄和对美的探索和表现。

他不仅注重笔墨浓淡干湿的变化,还注重线条粗细长短的结合,从他的书法作品中,你总能感受到他强烈且充沛的情感表达。2021年5月19日,他闻知学生王春丽英年早逝,悲痛不绝,肝肠寸断,遂挥毫赋诗一首,悼念自己的爱徒。该幅作品一气呵成,气势贯通,用笔多顿挫,将悲恸的感情表达得淋漓尽致,结尾处连续写出四个不同的"痛"字,痛惜之情溢于笔尖,不禁让人想到了颜真卿的《祭侄文稿》。

张豫林对美有着独特的认识和理解。他始终认为,美的外在形象一定要来源于内在的真实体验才更能触动人、感染人、影响人。大巧若拙,所有的技巧一定要服务于作品的主题和内涵,书法作品和用声音塑造的作品都应如此。艺术作品贵在自然,贵在纯真。张豫林最擅长的是对"真善美"这三个字的书写,每当有学生拜访,他总爱挥毫写下这三个遒劲大字,赠予学生,这是他的人生信条,也寄托了他对学生的殷殷期望。

追求极致的导、演创作。建成于1934年底的河南大学大礼堂在全国高校中首屈一指,她不仅见证着河南高等教育的发展,还见证着河大学子的成长。自建成之日起,校内的大型会议与重要演出都在这里举行,大礼堂的舞台也成了河大师生心目中的艺术圣地,河大师生皆为能够登上大礼堂的舞台而倍感自豪。

张豫林是这方舞台上的常客,这方舞台见证了他从文工团时期的初步绽放至工作后日臻成熟的艺术之路。

他擅长导,也精于演。在河南大学搬演的大型音乐史诗《东方红》(1965年)与话剧《于无声处》(1978年)的演出中,张豫林不仅担任了导演还兼任演员的工作,充分地展露了他的艺术才华。

《东方红》是新中国成立后第一部集中了全国音乐、舞蹈、诗歌、美术等各方面艺术家集体创作完成的反映我国革命历史的大型歌舞作品,于1964年国庆期间在人民大会堂首演,随后在全国范围内展开了演出热潮。河南大学十分重视这场演出,由时任宣传部长李玉林为主要负责人,张豫林为总导演,以校文工团为主体、艺术学院师生为辅助,共计200余人,对《东方红》进行搬演。这是一部经典作品,艺术形式多样,参演人数众多,虽有样板作为参考,但是排练起来难度依然较大:对于表演艺术的深刻理解和掌握,对文本的精细解读,对画面与音乐美感的把控,甚至整部戏排练中的进度管理、统筹协调都极其考验导演的综合能力。张豫林与演创人员集体研读剧本,以场次为单位进行拆解、讨论,同时还与演员共同观摩原作录像,以镜头为单位进行仿照并创新。张豫林在原作的基础上,把剧本根据河南大学的实际演出情况进行了调整。首先囿于演出场地和规模的限制,演出人员要由原作中的3000多人缩减至200多人。这不仅仅是人数的削减,更要从舞台调度、故事情节等多方面进行重新调配。其次他还增补了与河南大学历史相关的章节,增强了剧作的贴近性与观赏性。他的导演艺术最让人折服的是他总能在导戏的过程中灵光频现,即兴的火花不停闪现,并不停地提示、刺激演员,让演员最大限度地发挥自己的潜能,这样排出的戏才有足够的活力,而不是照本宣科。

在《东方红》第四场"抗日的烽火"中,有一段《松花江上》的男女对唱:"我的家在东北松花江上,那里有森林煤矿,还有那满山遍野的大豆高粱。我的家在东北松花江上,那里有我的同胞,还有那衰老的爹娘……"这段唱词,让祖籍吉林的张豫林感同身受,产生了极强的参演欲望。他毛遂自荐,与音乐系声乐教师武秀芝共同完成了这段演唱,歌声如泣如诉、悲壮悠长。张豫林虽然并非专业声乐演员,但其唱腔和表演却不输分毫。

除了演唱,他的表演也饱受赞扬。时至今日,还有很多人对张豫林在话剧《于无声处》的表演记忆犹新。一是因为这部剧作具有空前的影响力和极强的艺术性,二是因为张豫林对于"何是非"一角的塑造入木三分,演"活"了这个角色。

《于无声处》是"新时期话剧发轫之作",十一届三中全会前夕,文化部、全国总工会争相调该剧进京演出,之后便在全国广泛传播,有2700多个剧团争相排演该剧。该剧以何、梅两家的复杂关系为引入,把当时人们的家庭生活、爱情生活和政治生活以及所经受的特殊考验,有血有肉地表现出来,深刻展示了在非常的社会环境下,两个家庭之间的矛盾纠葛。张豫林饰演的何是非是一个不分黑白、投机取巧,为了捞取政治资本,不惜出卖自己的灵魂,死心塌地地投靠了"四人帮",最终众叛亲离的反面角色。这是张豫林第一次饰演反面角色,对他来说是一个不小的挑战。他抛却之前饰演"高大全"人物形象的经验,从零开始。他深谙"人物要靠语言和一定的动作来塑造"的道理,开始反复揣摩剧中的人物形象,揣摩他的语言、动作有什么特点,在发生某种事的时候,他会说些什么,做些什么,然后把这些都记在笔记里。看多了,想多了,人物塑造就丰满了。当年,《于无声处》在大礼堂上演的时候,座无虚席、掌声雷动,以至于多年后,当年学校商店的售货员在偶遇周改华时,还会向她提起:你老伴儿演何是非演得真是好!

张豫林还将有声语言的舞台艺术创作与表演作为教学的常态化手段。在学校及院系的各类文艺演出中,经常能见到张豫林创作、编排的节目。他以这样的方式提升学生对于舞台表现力的把控,提升学生的专业能力,也提升学生的自信,同时,这也为新专业的教学成果提供了展示窗口。

二、"学生是我最满意的作品"

与硕果累累的艺术创作比起来,张豫林始终认为学生才是他最满意的作品。

作为老师,张豫林给学生留下的第一印象往往是"望之俨然",这大抵是因为他自带的气场使然。张老师平时不苟言笑,又带有一点知识分子的傲骨，看似难以亲近。然则，他是一个性情中人，对他认定的人和事总是有极大的热忱与耐心，且真心、真诚地对待，毫不保留，让人感到"即之也温"。

金惠敏①教授是张豫林的高徒，1982年毕业于河南大学中文系，后获得中国社会科学院外文系硕士及哲学系博士学位，是教育部"长江学者奖励计划"特聘教授，曾任中国社会科学院文学研究所理论室主任兼学科带头人。早在本科一二年级，他就定下了文艺理论的研究方向，师从"当时就大名鼎鼎的张豫林老师"。他回忆道：

> 接近这样的老师必得有所准备。为了能够打动张老师接受我这个学生，我把当时的教材——以群的《文学的基本原理》摘抄了几大笔记本，虔诚和用功不言而喻，我把它拿到张老师家里作为见面礼。那会儿也不懂孔子招收学生所要求的"束脩"为何物。兴许是秉承"有教无类"的古训吧，张老师没让我经受"程门立雪"的考验，当即就面带笑容地收下我这个徒弟……张老师把读研时导师发给他的油印讲义都给我读，我当时的西方文论知识一是得自朱光潜先生的《西方美学史》，第二就是缪灵珠先生60年代的那些讲义，其中包括他翻译过来但尚未发表的文论经典。那时

---

① 金惠敏，河南淅川人。1982年毕业于河南大学中文系。四川大学文学与新闻学院教授，现任教育部"长江学者奖励计划"特聘教授，四川大学文学与新闻学院二级研究员，兼中国社会科学院大学教授、博导。英国国际权威期刊 *Theory, Culture & Society*(London: Sage)编委，美国学术期刊 *Journal of East-West Thought*(Los Angeles)编委，北美国际东西方研究学会副会长。

第五章 我就是一个"教书匠"(1964—1994)

没有电话可用,去找张老师请教用不着预约,估摸着他在家就直接去敲门。可是张老师一次也没拒绝过我,想来他对这样的不速之客得有多大的爱心和宽容才行!

——金惠敏《我的文论之路上的领路人》①

和金惠敏有相同感受的人还有很多,在他们求学的过程中,都感受到了张老师的真和诚。这种真和诚,让他们感受到,在学术的海洋中,有人护着他们航行,不孤单、不惧怕,以至于大部分的学生在离开了张老师的"呵护"后,深感不习惯。

对于张老师、王老师对学生的关爱、付出、提携,我当时完全没有感到有什么异常,觉得老师都是这样吧。直到入职河南省社科院、天天要独自面对研究对象时,我才猛然间发现两位老师是那么伟大,那么崇高,那么无私奉献。因为在专业研究机构里,大家都是同事,没有谁有时间跟你闲聊,学术交流都搬到了会议室,非常正规。我刚参加工作时曾经孤单得暗自抹泪。突然间没有了老师的随时指点,我成了学术孤儿。

——金惠敏《我的文论之路上的领路人》②

"学术孤儿"这个词用得多妙!唯有自己的亲老师,才会如父母爱护孩子一般,没有保留!金惠敏认为自己之所以能一直坚守在文艺理论领域不动摇且做出一番成就,应该是张老师给

---

① 金惠敏:《我的文论之路上的领路人》,《中国图书评论》2020年第12期。
② 金惠敏:《我的文论之路上的领路人》,《中国图书评论》2020年第12期。

他早早圈定了人生场域。

张豫林待人真诚,也容易被真诚所打动。很多学生是慕名来请教张老师,面对学生,张豫林总是坦诚相待,并给予自己能给予的一切,毫无保留。他做人至真、待人至诚的品格也深深影响了他的学生们,大家纷纷把"真"作为自己的人生信条。求学与做人是相关联的,凡能真诚努力做学问的老师,他们做人亦必然不取巧,不偷懒,不作假,其学问、事业必有所成就。所以,凡能引领学生做学问的老师,也必然能指导学生做人。

他也时常告诫学生:做学问要找准方向,要耐得住寂寞,更要踏实务实,要谨记"板凳要坐十年冷,文章不著一句空"。

娄开阳于1989年考入河南大学中文系,工作8年后考入北京广播学院(现中国传媒大学)攻读语言学硕士学位,后获语言学及应用语言学博士学位,此后在北京语言大学从事第一站博士后研究,在日本樱美林大学从事第二站博士后研究,他将自己的学术研究发端追溯至张豫林对他的谆谆教诲,让他记忆尤为深刻的是张老师为数不多的"责骂":

> 之所以没有提硕士论文,是因为当年的我忘记了先生的教诲,盲目追求"高、大、上"的洋理论,以至于陷入了"大而空"的泥潭。先生读了我的硕士论文之后非常生气,千里传书,写了长达六七页的长信来骂我:告诫我学风问题最重要,"文章不著一句空",治学要务实,要有所创新,空谈理论是会害死人的。
>
> ——娄开阳《师恩难忘 父子情深——回顾恩师张豫林先生赐予我的教诲》

第五章 我就是一个"教书匠"（1964—1994）

这次的训诫让娄开阳彻底长了记性，也为他日后的学术研究定了基调——"绝不敢再空谈理论"。正是在张老师的严格训诫下，娄开阳的学术研究之路走得越来越宽阔。

中文系91级的张政法在攻读硕士研究生阶段，曾跟随张豫林进行了美学的系统性学习，他认为这段时光为他以后的学术研究和教学打下了坚实的基础。张豫林把学生的学术标准提得很高，特别是在具体的艺术实践中，如何理解和演绎美学的理论，以及在美学理论的理解、推进和论证过程中，如何观照到艺术实践的一些基本命题，等等。让张政法印象最深刻的是关于毕业论文的写作，张豫林给他拟定的题目是"论节目主持语言的准审美性"。"准审美性"这个提法是个新命题，在当时并没有过类似的研究，张豫林建议张政法定准目标，采用驳论的方式，从理论到实践，对这个问题进行深入的论证，这让张政法接收到了一种具有问题导向的研究方法。后来因为一些学术上的不同意见，也为了规避学术风险，张政法经指导老师同意后，将题目更换为更为保险的"节目主持语言审美与高文化品位"。虽说张政法顺利通过了毕业论文答辩，但是因为他没有坚持最初那个有前瞻性的选题，这让张豫林在很长一段时间里都感到惋惜，因为他深信，如果坚持研究，一定会是一个"立得住脚"的学术研究方向。后来，在美学领域的确有人提出并认同了"准审美性"的命题，这充分证明了张豫林的学术前瞻性。张政法也因此事再次为张老师所折服。

高等教育的使命不应仅仅是专业教育，更应该是人本教育，这两者的最大区别是：前者以知识技能为主；后者着重培养学生的主体性,在方法论和人格发展上着力,使学生具备问题意识和独立思考的能力。在教学过程中,张豫林重视对理论的追求,要求学生进行系统的思考,要有审美的关怀、有理论的观照,要站在更高的位置去看待学术的发展方向,这样才能站立于潮头,否则将永远停滞不前。作为老师,不仅给学生方向上的指引、方法上的点拨、意识形态上的塑造,更要予以关爱与陪伴,从而最终成就学生,这就是张豫林的为师之道。学生们正是在这样的"道"的指引下,一步步攀登高峰。张豫林成就了学生,学生也成了他最满意的作品。

第三节 播音专业奠基人

提起张豫林,在他众多的名头当中,最引人注目的莫过于"河南大学播音与主持艺术专业奠基人",这是他人生中最浓墨重彩的一笔。

一、办学:一个实验性质的新想法

河南大学播音与主持艺术专业的滥觞要上溯到1988年高级口语班的创办。

河南大学中文系的专业设置中,汉语言教育专业是学生占比最多的主干专业,鉴于师范类专业的工作需要,语言的表达能力成为一条显性要求,不仅要求语音面貌达到普通话水平测试的二级甲等及以上水平,语言的组织与表达也要做到流利晓畅。教师,本就是通过有声语言的表述进行教学工作的,没有好的表

第五章 我就是一个"教书匠"（1964—1994）

达，就没有好的通道，如何能胜任日后的教学工作？

然而在长年的教学过程中，张豫林敏锐地发现，中文系的学生在读书和写作方面几乎都是一把好手，但是其他专业的学生的语言能力亟待提高，并且他们自我提升的需求也很迫切。张豫林萌生了一个大胆的想法：能不能开设一门课程，或者创建一个教学单元，专门把有声语言表达能力的提升作为教学重点？亦或许创办一个新兴的专业？这个想法在他脑海当中盘旋了很久，他越来越觉得可行：一是学生有强烈的意愿，二是自己有多年舞台表演经验，对朗诵等语言艺术表现形式有着独到的见解与研究。更为机缘巧合的是，一位叫李晓华的青年教师于北京广播学院硕士毕业后回校教书，这对张豫林来说，如虎添翼。

张豫林决定先以选修课的形式进行试验性质的探索：从中文系 86 级、87 级、88 级学生中选拔 30 名学习成绩优异、形象气质较佳、语言面貌过关、具备基本艺术表现力的学生，组成高级口语班，利用课余时间（晚上以及周末没有专业课程的时间）进行第二课堂的学习。中文系的学科建设一直是文学和语言兼重，并主张教师多领域发展、多途径治学，因此，在张豫林提出他的设想时，时任中文系副主任的陈江风、张仲良给予了很大的肯定与支持，这也使得这门课程成为除北京广播学院之外，全国高校唯一的一门专修艺术口语的课程。

在张豫林、李晓华二人一遍又一遍的论证与打磨之后，课程开设起来了：课程下设发声、朗诵、论辩、演讲、播音五个教学单元，分为大课（集体授课）和小课（分组辅导）两种教学形式。由于是新生事物，所以一切都是摸着石头过河。一方面仰仗张豫林多年艺术实践的积累,一方面借鉴李晓华引入的北京广播学院的课程体系,"高口班"自主编创了《口语训练材料》作为教材,后又在教学的过程中不断地更新与优化。"高口班"最大的教学特色是教学与实践(演出)并重,以理论指导教学,以实践促进教学。比如每个年度,中文系都会有一台名为"季春之夜"的送别毕业生文艺演出,"高口班"的成员无疑都是台柱子;还有很多学校的晚会、演出以及校广播站的播音工作等,都是"高口班"的口语艺术实践平台。

张豫林(前排左三)和李晓华(前排左四)与"高口班"的同学们在一起

"高口班"先后经历了四届招生,百余人次接受了系统性的培养。张豫林为"高口班"付出了极大的心血:每周的既定课时只有2节,这是唯一可以量化的工作,而实际情况是,张豫林每周对学生的分组辅导几乎都是义务的,不计在课时之内,辅导的时间更是大大超出了课时量的要求,常常持续到晚上十一二点;每天清

第五章 我就是一个"教书匠"(1964—1994)

晨张豫林会带领学生练声,并悉心指导;给学生上课的内容更是要实时更新,遇到合适的内容总是会即时进行增补;在实践演出的编排过程中,他不仅要进行节目文本的创作与编排,还要和李晓华一起对学生进行业务上的指导……这对年近花甲的张豫林来说,是精力和体力的双重挑战,而他始终不厌其烦、干劲十足。

在四年的教学过程中,张豫林对把"高口班"创办成一个新专业的想法越来越坚定。然而创办一个新专业并非一件简单的事,评估的标准包含了社会对该专业人才的需求情况,以及学校的办学条件和师资力量等多方面的因素,因此"高口班"必须深化与扩容,才有可能向着新专业的方向进发。

时值20世纪80—90年代,这是我国媒体由基本恢复到初步发展再到全面繁荣的时期,三级办台的春风吹响了媒体深度发展的号角,广播电视等电子媒介行业急需大量的从业人员。由于人才培养与岗位需求之间的巨大落差,导致媒体从业人员严重短缺,科班出身的更是凤毛麟角,同时大部分的媒体从业人员学科背景薄弱、专业能力欠缺,需要进行专业重塑。鉴于此,1992年7月,河南大学中文系开设的"广播电视实用人才班"(以下简称"人才班")正式开课,共招收30人,学员全部是来自河南省内市、县级广播电视媒体的播音员、主持人,学制1年,共招收两届,与"高口班"共同上课,并在"高口班"课程的基础上增设广播电视业务能力提升的相关课程,而这些课程大大弥补了"高口班"教学内容的不足。"人才班"为河南省的广播电视事业培养了不少精兵强将,很多学员在结业后都有了更好的发展,比如原安阳电视台的吴镇宇于"人才班"结业后就职于河南卫视任新闻主播,后又荣获"金话筒奖"。

"高口班"和"人才班"是新专业创办的排头兵,"高口班"是探索,是创新,是过渡;"人才班"是扩展,是催化,是提升。

1993年,在这些积累的基础上,中文系通过河南大学教务处向河南省教育厅申请创办的新专业——"广播电视新闻学"获批,专科,学制两年,并于同年9月开始招生。河南大学成为当时继北京广播学院、浙江广播电视专科学校之后,全国第三家培养广播电视从业人员的院校,也是其中唯一的综合性院校。

1996年,广播电视新闻学专业顺利升本,学制四年,成为继北京广播学院后,全国第二家培养广播电视从业人员的本科专业。该专业于2002年纳入河南大学新闻与传播学院,2003年专业名称正式更为"播音与主持艺术",属艺术类招生。

自开设"高口班"至今,以张豫林为肇始的河南大学播音与主持艺术专业为社会培养了大量优秀的媒体工作者,其中不乏中央及各级广播电视台著名播音员、主持人、优秀记者等,也培养了数以百计的优质师资,为河南省乃至全国高校的播音专业输送了大量的教育人才。河南大学播音与主持艺术专业就像一棵大树,从张豫林、李晓华耕播下"高口班"这颗种子开始,一步步生根、发芽、壮大、开枝散叶。

人们敬佩拓荒者,是因为他们具有开拓精神,是因为他们敢于从无到有,是因为他们明知艰辛还会去历尽艰辛、享受艰辛。张豫林就是这样的拓荒者。新专业创办之初,简直可以用一穷二白来形容:

办学条件简陋。与现在处于行业领先标准的演播室教学设

第五章 我就是一个"教书匠"（1964—1994）

备比起来，当年的教学条件简直可以用"寒酸"来形容：只有两台双卡录音机，除此之外，再没有任何的电子录播设备。但是张豫林深信，硬件是辅助，软件才是核心竞争力，他充分发挥教师的能动性，以灵活多样的教学手段锻造学生的专业能力：课程设置上重朗诵表达，以朗诵、讲故事、配音乃至小品等便于呈现的教学方式弥补新闻播音实践缺乏"出口"的短板。

师资严重紧缺。成立新专业后，随着招生数量和课程内容的扩充，仅仅依靠张豫林和李晓华两位教师的力量是远远不够的，张豫林四处招贤纳士，先是把已经就业于开封师专学生处的"高口班"第一届优秀毕业生强海峰（后成为河南大学播音与主持艺术专业学科带头人）"挖"了回来，后又相继选拔了张政法、李水仙、朱俊河三个人品、业务能力、组织能力都过硬的年轻人。这些年轻人常常是刚在张豫林家做完了学生、学完了教法，转身就作为老师去给自己的学生上课。就这样，师生共济度过了新专业创立初期师资匮乏的阵痛。直至退休后，张豫林依然在为播音系的教师梯队建设殚精竭虑。

教学体系空白。"高口班"仅仅是作为一门选修课而存在，"人才班"仅仅是作为继续教育而存在，都不能算是"正规军"。新专业一旦开起来了，就要设置完备的教学体系，虽说并非全国首例，但是可借鉴的先例并不多。张豫林的想法很坚定：中文系深厚的文学底蕴是新专业立足的根基，也应作为区别于北京广播学院等专业院校"只注重语言技巧表达"的教学理念的重要特质。在张豫林和李晓华的带领下，以几位年轻教师为主体，依托中文系现代汉语教研室的师资，形成了以文学的滋养为基础，以"采、编、播"技能一体为宽口径的教学模式。后来多年的教学成果表明，这样的人才培养模式是成功的。

人们也敬仰"燃灯者"。人点灯，不放在斗底下，是放在灯台上，照亮一家的人。张豫林就是这样的燃灯者。继河南大学之后，全省相继开设播音专业的院校近30家，无论院校数量、师资数量，还是招收学生的数量均位居国内前列，当之无愧成为全国播音专业的"大户"。如果说"河南大学明伦校区是河南大学的根，也是河南数所名校的根"[①]，那么河南大学播音系就是河南省播音专业的根，从河南大学走出去的播音主持教育工作者遍布省内及全国各高校，"毫不夸张地说，凡是河南大学走出来的播音主持教育工作者，无不受惠于先生的课业智慧，无不传承了先生的教育理念，无不领受了先生的教育精神。"[②]

譬如一灯燃百灯，一脉相承的风骨之下，河南省播音专业教风精进，学风勤勉，毕业生社会成就之大，在同类院校中更在前茅。以此角度来说，张豫林是河南大学播音与主持艺术专业的奠基人，更是河南省播音与主持艺术教育的开创者。

二、教学："不严无以成教，存爱方能育人"

张豫林爱学生是出了名的，他常说"学生就是我的心、我的肝，就是我的命"，很多学生也以"恩师"来称呼张豫林，因为张

[①] 关爱和：《百年坚守 百年辉煌》，载魏清源《河南大学中国语言文学学科史》，河南大学出版社，2022，序言第2页。

[②] 张政法：《学海传灯——张豫林先生纪事》，https://xyh.henu.edu.cn/sjhd/xyfw/show-4065.html，访问日期：2022年8月18日。

第五章 我就是一个"教书匠"(1964—1994)

老师用无私的爱温暖着他们,指引着他们。特别是"高口班"成立之后,张豫林更是倾注了全部的精力与心血。他对学生的关爱不仅体现在课堂里,更浸润在生活中。

在张豫林那间仅可容膝的书房里,有一面密密麻麻的照片墙,全是他与爱徒们的合影,照片的数量之多、时间跨度之大令人感叹。照片里的学生来自五湖四海,毕业后更是走向了五湖四海,有坚守本专业而成为著名媒体人的,也有转行成为社会精英的,更有像张豫林一样扎根教育一线的。不论是谁,只要有机会回到开封,他们都会去看望张老师,会在这面照片墙前驻足并回忆与张老师的点点滴滴,也都会发现这面照片墙又增添了许多"新朋友"……照片墙见证了张豫林从壮年到白发,也见证了他对学生、对播音专业的拳拳之心。

张豫林的照片墙

三、"我的张老师,是'护短'的"

有位学生在微博里这样写道:"教过我的老师无数,有循循善诱的,有和蔼可亲的,有温柔大方的,还有横眉冷对的,而我的张老师,是'护短'的。"这个"护短"说的就是张豫林一直以来的理念——鼓励式教学。他治学严谨,但是在课堂上却总是让人如沐春风。"我们教学生,就是要帮他们找到自信,要让学生内心充满力量。"多发现学生的长处,多发挥学生的优势,秉持着这样的初衷,张豫林让学生觉得学习的氛围是宽松、和谐、愉快的,而他们的学习态度又是自信、自强、进取的。

从教育学理论的角度来说,鼓励式教学适用于每一个人,因为每个人都希望被看见,每个人都希望被肯定;从心理学的角度来说,在得到权威者或者重要的人的肯定后,学习者更容易放下心理防御机制,渐渐敢于出错,敢于尝试,从而获得进步。

88级中文系的张纳新是第一届"高口班"的成员,刚刚从众多竞争者中被入选"高口班"的时候,他非常兴奋,然而在看到入选的每一位同学都是学识与形象俱佳,并且在播音、朗诵、配音等方面取得了一个又一个奖项的时候,多年形成的自卑又浮现出来。他开始变得孤僻,想破罐子破摔,等着被老师劝退的那一天。不承想,劝退的通知没等来,却接到了一个难以置信的消息:作为河南省大学生艺术节的参赛剧目,张老师自编自创的剧本《送匾记》要开始排练了,张老师指定张纳新饰演剧中的男主角!张纳新又惊又喜,手足无措,他感觉别说演男一号了,就是演个配角,自己也难以胜任。但是张豫林态度十分坚决:"即使

第五章 我就是一个"教书匠"(1964—1994)

不拿奖,演砸了,也不能把他换下来……你不知道,这场戏对他有多重要!"

三十年来,每每忆起恩师的这番话,就越发体味到在我不知情要放弃的关头,恩师如父亲般的担心,不惜代价拉住悬崖之马的决心和苦心。

…………

在角色确定后的每天晚上,张老师一句一句台词、一个一个动作不厌其烦地、严格地手把手教我,整个剧组全身心投入,如痴如醉地练习。结果,预赛、决赛一路过关,一举成功,《送匾记》获得了省大学生艺术节一等奖,后来,又被选送到省艺术节参赛,再次夺得一等奖。当掌声一次次响起,我的自卑烟消云散,乐观、自信再次在我的周身洋溢,我和"高口班"伙伴们一次次拥抱在一起。一台精心打造的戏拯救了我。

——张纳新《恩师予我的三个"一"》

"有个问题,我没敢问恩师:如果这场戏真的演砸了,会有什么样的后果?选我做主角是不是还是太冒险了?"看到张纳新的这些文字,笔者在采访中替他问出了这些问题,张豫林笑着说:"他是最佳人选,他适合这个角色,因为他的外形和气质都很接近剧中的人物形象,他也需要这个角色,拿下这场戏,从此就是康庄大道,他一定可以,只要有信心,只要相信自己!如果一场戏可以帮他重拾自信,那就是值得的!"

张豫林深知鼓励也需适度,一味且盲目地鼓励会让学生失去判断是非对错的能力,丧失评判美丑的标准,应遵循"道理在后,情绪先行"。

管嫒是 99 级广电班一名勤勉好学的女生,她认为张老师对她"影响极大,可以说重塑了知识体系",改变了她的认知。大学毕业后,管嫒到河南电视台工作,任《早间新闻》的播音员。对她来说,从学生到主播,是一个很大的跨越。在这个过程中,管嫒依然像在校时一样,寻求张老师的帮助:

> 记得第一次播音时特别紧张,片头音乐一响,听到导播倒计时"3、2、1",我脑子一片空白,挤出一丝微笑,机械地念出题字器上的内容,根本不知道自己说了什么,直到片尾字幕走完。我呆坐主播台,像一口气吞了人参果的猪八戒,完全不记得怎么播完的,别说照顾到声音、语气、停连、对象感之类。节目播出前,我第一个告诉了张老师,张老师比我还兴奋,说早晨七点一定准时看,还让我别紧张。节目播出后的第一个电话,我还是打给了张老师,我自己都觉得一塌糊涂,没想到张老师却说"不错、很好,我明天继续看"。就这样连播了一周,我赶紧去张老师家回课,老师才一边给我指出缺点,一边帮我纠正问题。我知道,第一周,老师不说我的问题,是怕我更紧张,让我慢慢适应后再调整,而张老师却只说"慢慢熟练了、自信了就会更好"。所以在我的印象里,张老师没有严厉,只有不怒自威,只有慈爱,这反而给了我更多的勇气和力量。

——管嫒《唯愿吾师健康永寿》

在学生茫然无措时,张豫林总是先给予肯定与鼓励,让他在情绪上接纳自己,然后再给予方向上的指点、技巧上的分析,这样的配合,无往而不胜。

四、"只要你愿意学,我一直在这里"

张豫林常说:教师的天职就是教授知识,学生有求知欲,我就尽全力教。不论学生是什么样的资质、能力、学科背景,"只要你愿意学,我一直在这里"。因此,在张豫林的眼里,学生都是天使,没有魔鬼,每一个都值得被拯救,每一个也都可以升腾。

在张豫林看来,学生没有高下之分,他一直秉承"有教无类"的理念,把每一个学生都看作平等的个体。特别是在"高口班"刚起步的阶段,学生的基础条件相对较差,然而与外形、嗓音等先天条件比起来,张豫林更看重学生的学习态度,只要学生用心,他就会不厌其烦地一遍遍教授。他还有一个与众不同的特点:越是问题大的学生,他越是感兴趣。91级的张政法,刚进入"高口班"学习时,其浓重的豫西南口音让老师们"崩溃",比如他的央元音a的开口度永远不够;比如他舌根硬,不会发儿化音;比如他的普通话语音面貌比较差,并且顽固到难以改变。其他老师都要放弃他了,张豫林没有嫌弃,他一遍又一遍地重复、示范、总结,找问题,想办法,在师徒二人的共同努力下,这个"老大难"终于解决了。

张豫林的课堂是包容的、敞开的,是不排他的,他欢迎任何有求知欲的学生进入他的课堂,也正是因为这种开放性,他的教学是因材施教的,因为他的学生情况复杂,有很多是问题很大的学生。之所以这样做,源自他对于教师这个职业的坚守,更源自他对自己教学能力和教学方法的自信,他总是能找到每个学生独有的特质,扬长避短,也总是能切中要害,一针见血。张豫林有一个保持了多年的习惯——给学生"开处方"并且"写病历"。这是一个很形象的比喻:"开处方"是针对学生存在的问题找出相应的解决方案;"写病历"是把学生本节课的具体表现按照实际情况进行记录并找准症结。对于学生来说,记录学术档案是一种行之有效的方法,有了这个档案,学生可以进行自我的纵向对比,查漏补缺,具体问题具体分析。

在教学中,他甚至比学生更用心。他把每一个学生都当成自己的孩子,他对学生的教育甚至是先于自己的子女的。新专业创建的那几年,也是张政法、李水仙、朱俊河几位年轻教师刚开始代课的时期,每次到张豫林家里的书房上课的时候,他们都发现,张老师的儿女是不允许进书房的。直到多年后,张茵(张豫林女儿)也从事播音与主持艺术的教学后,才被允许进入书房共同探讨。他对学生的关爱远远超过了对自己的子女的关爱,所以在学生们心目中,张豫林是如父亲、爷爷一般亲近的存在。他以极大的耐心,为每一个认真求学的学子找到适合自己的学习方法,他不会让人感到绝望,他总能给人一种信念,一种通过学习就可以解决问题的信念!

五、"任何一个地方都可以成为他的课堂"

如果你曾在清晨时漫步于百年河大的校园里,走过大礼堂西侧时,你一定见过这样一位老人,白发苍苍,精神矍铄,在学生的簇拥里,在苍松的掩映中,在第一缕阳光的照耀下,这俨然是一幅最美的风景。你也许不知道他的名字,但只要你见过老人眼里涌动的光彩,听过他饱含感情的声音,你一定会被这画面所感动。

——孙玉婷《从严施教存爱育人——张豫林的优美人生》

这里描述的场景就是张豫林每天生活轨迹中不可或缺的一环——指导晨间练声。

自开设"高口班"至今,练声的地点从中文系后面的小树林更换到了大礼堂西侧的小花园,张豫林也从青丝变成了华发,20多年间,除去恶劣天气、生病等不可抗因素,张豫林每天早晨都会出现在这里指导学生练声,从不间断。指导结束后,很多学生"意犹未尽",就会跟着张老师一起回家,边走边交谈,边走边指导。到家之后,就有了更有利的教学场所——书房,周改华常说:任何一个地方都可以是他的课堂。所以,张老师的家里永远不缺学生,除了听张老师讲课,还能"白吃白喝",甚至享用周老师做的可口饭菜。张豫林的课堂真正做到了"弥漫化",做到了"无缝衔接",而这弥漫化的课堂的背后,是无私的奉献:无论是上述提到的哪一个场景,都是义务的,既不算在课时以内,也不会有一分钱酬劳,实际的教学时长是计划内教学时长的几何倍数的增长。所谓师者,传道授业解惑也。有师者,完成教学任务即可,这种,称不上是热爱,称不上是在育人,而张豫林,是真热爱,是真育人。

六、"把人教育好"

张豫林不仅热爱这个专业,而且他热爱"把人教育好"这件事,他注重人的全面塑造,这应该是教育的本质,也应该是从自然人到社会人转化过程中最为核心的要义。

他注重培养学生的道德品质。一个人的道德品质是决定其人格境界的首要条件。张豫林时常要求学生以"知识分子"的标准定义自己、要求自己。有知识、有文化的人不一定都称得上"知识分子",知识分子应当是国家、民族的中流砥柱。接受高等教育的人是"高级专门人才",理所应当成为脊梁与支柱,他们不但有教化"民风"的责任,也有为国家与民族的发展做好思想理论准备的义务。知识分子理应具备自信与傲骨:自信源自广阔的学术视野与深厚的理论积淀,傲骨源自独立的学术品格。知识分子更应承担相应的社会责任,将所学回报社会。张政法是众多学生中跟随张豫林最久的,他是"高口班"学员,本科毕业后,保送本校继续攻读中文系汉语言文字学硕士研究生,师从张豫林,读硕士期间任"广电班"代课教师,硕士毕业后留校任教,后考取中国传媒大学语言学及应用语言学博士,毕业后进入广播电视艺术专业博士后流动站,现就职于中国传媒大学,任中央人民广播电台特约评论员,担任《辞海》(第七版)网络版人声播读监制工作。他在教学、学术研究、学术理念,甚至对社会事物的态度上,都深受张老师的影响。后来离开河南大学到外面读博士、博士后,接触各种层次和领域的学者,也从来没有在理论上觉得不自信,这主要是张老师打下的理论功底,让他有了独立的学术品格和学术自信。张老师还教会了他热爱真理、追求真善美的主体独立性,这就是知识分子应有的自信与傲骨。

他注重培养学生的认知品质。一个人的认识能力和知识水平决定了其价值观念、道德素质以及情感审美等,是人格结构中最基础也是最主要的部分。张豫林主张学生读理论的时候把艺术的外延、理论与实践结合起来进行系统的思考。审美的情怀加上理论的观照,这是建立了合理的知识结构。无论是讲美学、文艺理论,还是教发声、朗诵,张豫林更多的是培养人的性情,他在帮助每一个人锻铸自己的心性。他主张通过文学作品,通过艺术表达来涵养品性、塑造性情,并逐步实现自我的价值,这是变革了人的思维方式。

他注重培养学生的意志品质。意志是人的能动性的集中体现,它对于人格发展的影响归根结底取决于人的自由自觉程度。张豫林培养意志品质,主要着手于意志独立性的培养,即不受外部干扰而最大限度地追求自己的目标和发挥自己的主体创造性。张豫林要求学生要有自己的"代表作",倒不是要求"精品化",而是让学生给自己树立一个标杆、一个目标,并朝着这个目标迈进。他从内心希望看到的是学生的长进,是学生自我提升的过程,以及在过程中的收获。因此,张豫林更看中的是一个人从一个比较低的起点,逐步提高,继而能够表现自己,能够使自己得到完善,最后能取得成绩、能获得突破,这是让他十分自豪与欣慰的。对于学生而言,这种对于自我提升过程的看重,虽然是从张老师的教育中来的,却深刻影响着自己学习、工作、生活的方方面面。张豫林那面照片墙上的诸位并不都是耀眼的明星,很大一部分是用了心、拼了力,获得较大突破的学生。

"不严无以成教,存爱方能育人",这是张豫林自己总结归纳的十二字方针,也是他奉行了一生的教育理念。有严有爱、宽严适度,严也是爱,而爱,是最终极的善。

七、治学:自成一派的朗诵艺术家

在众多的艺术门类中,张豫林没有选择自己擅长的声乐、二胡等,而是选择了朗诵。最终,朗诵不仅成了他毕生的艺术追求,更成了他教学生涯的创新突破与立命之本。

张豫林的朗诵狂放、洒脱,带有浓重的个人风格,具备强烈的艺术美感和情感张力,给人以美的享受。"声未起,已觉海雨天风,扑面而来,神魂不觉欲随之起舞歌咏;声既出,如洪钟大吕,直入人心,有余音绕梁之叹。"[①]

他的朗诵重视文本转化。文本是有声语言艺术表达的依据,也是有声语言艺术表达的归宿。朗诵,其终极目的就是通过艺术化的语言表达,让文本再次"燃烧",引领朗诵者与听者走向文字作品更深的去处。张豫林格外重视文本,他认为如若缺少了对文本的精雕细琢,忽略了对文本的转化,朗诵就成了无源之水,失去了根基与动力。

所有的朗诵者都会强调文本的重要性,但是张豫林对文本的看重近乎偏执。他认为,朗诵作为一种单列的艺术形式,它的创作基础更加重视文本的转化,尤其是文学作品的艺术性的转化。因此,他注重作品的理解深度,注重作品的美学品格,注重表达的设计与把控。他还巧妙地借用"诗眼"(凡是在节骨眼处

[①] 张政法:《学海传灯——张豫林先生纪事》,https://xyh.henu.edu.cn/sjhd/xyfw/show-4065.html,访问日期:2022年8月18日。

炼得好的字,使全句游龙飞动,令人意驰心动的,便是"诗眼"。它可以是一句诗,或者是一首诗中最精炼最传神的一个字,也可以是体现全诗主旨的精彩语句)的理论,认为从文学鉴赏的角度讲,"诗眼"是理解诗歌的思想感情和创作手法的"钥匙",而从有声语言艺术创作的角度讲,"诗眼"无疑是情绪的爆发点,找准了爆发点,才能准确地把握整个文本的意蕴与情感的脉络。

他还强调有声语言创作者自我主体性的激发,强调创作的灵感和创作的自由,这是他在朗诵和朗诵教学中更乐意去挖掘的一个部分。在讲美学的过程中,张豫林就将"灵感"作为逻辑主线进行贯穿与解读,在朗诵的教学过程中,他又将灵感这种在艺术构思探索过程中由于某种机缘的启发而突然出现的豁然开朗、精神亢奋的心理现象,看作朗诵者进行二度创作的"抓手",而灵感又恰恰是来源于系统学习、长期实践、不断累积经验和知识而突然出现的富有创造力的思路,因此,只有当文本的表述与创作主体的个人感悟相互碰撞并激发出火花,灵感就会频现,"做眼赋活",给予创作以自由,从而达到创作主体忠于文本又不被文本所束缚的有声语言创作状态。对文本的艺术性转化,使得张豫林的朗诵充满了意境美与格律美。

他的朗诵遵循美声规律。文本是源头,声音是载体,情动于衷,声形于外,以情感与感受做主导,加上美的声音,做到情美、意美、音美,才能称得上是完美的艺术化表达。

张豫林并非科班出身,没有经历过系统的语言发声训练。早年在河南省焦作师范学校做教务干事期间,同事游联胜将他在华东师范学院音乐系的所学,完整而系统地传授给了张豫林,其中包含了声乐的基本发声方法,这已然算是张豫林接受过的"最专业"的发声训练了。但是从专业的角度来说,声乐的发声技巧与播音的发声技巧完全是两条路:声乐更注重头腔共鸣与胸腔共鸣,而播音的发声技巧则是以口腔共鸣为主,胸腔共鸣为基础,头腔等其他共鸣为辅助。为了获得科学而专业的播音发声技巧,年逾五十的张豫林开始了自学。他借鉴北京广播学院的语音发声学、朗读学的体系,结合自己多年的经验与积累,摸索出了一套行之有效的练声、用声方法,并结合实际情况进行了增纳与补充,并数十年如一日地于晨间指导学生练声,不厌其烦,不遗余力。

张豫林的声音条件算不上特别突出,但是胜在音域宽广、音色明亮,极有辨识度的嗓音给"高口班""广电班"的学生们留下难以磨灭的印象:

> 记得当年他的文学表达小课,时间都是在晚上。夜深人静的中文系办公楼里,只有我们师生几人,老式的木结构建筑,隔音不是很好,张老师的声音穿透力又极强,当他情绪饱满时,整栋楼都回荡着他那高亢的男中音。即便是我们这些风华正茂的年轻人,也很难达到他那样饱满的状态……事实上,那种饱满是来自于深刻的生命阅历,来自于深厚的文学积淀,来自于内心的深情,来自于对声音艺术的热爱。
>
> ——王静《张老师》

张豫林善于塑造情绪鲜明的声音形象。他最喜爱余光中先生的《乡愁》,他说这首诗很美,美在一唱三叹的节奏上,美在托物寄情的比喻上,美在叠词的妙用上,美在每一节诗都是一幅凄美的图画上……他以细致入微的情绪感触、虚实多变的用声、张弛有度的节奏变换,刻画出游子萦绕心间的乡愁,意味深长、不绝于缕。他亦善于表达昂扬澎湃的时代强音,他还喜爱诗人李瑛的《黄河落日》,他尤其擅长慷慨激昂的表达,激情高亢处如万马齐喑、响遏行云,低沉婉转处又气息绵绵、情深意切,整部作品表现得张弛有度、跌宕起伏、婉转悠长……

  他的朗诵融会舞台表现。张颂先生在《朗读学》中提到:朗读学向文艺表演发展,以文艺性为特征,对适合的文艺作品加以生动的渲染,为观众或听众进行引人入胜的演出,又造就着朗诵艺术。这个理论印证了舞台表现力对于朗诵的重要意义。朗诵者除了运用自己的声音、语言,还可以通过自己的眼神、手势、身姿,甚至灯光、音乐、服化等来强化感情的表达和气氛的渲染。这是张豫林的长项。

张豫林的舞台照

在文工团，张豫林常常承担朗诵的演出任务，那时的他对于朗诵的认知仅停留在情绪要充沛饱满、声音要高亢有力上。真正震撼他心灵、改变他认知的是就读于中国人民大学期间，他在北京人民艺术剧院等处观看的几场演出。殷之光、于是之、蓝天野、英若诚等表演艺术家在舞台上的语言表达让张豫林叹为观止，也为他打开了新的大门，更为他的朗诵艺术创作"正了方向"。

得益于话剧演员出身的艺术家带来的深远影响，也得益于自己多年的舞台表演经历，张豫林注重舞台表现力赋予朗诵的无限活力。这里所说的舞台表现力是相对于话筒前的状态而言的，话筒前的语言表达是"玩细活儿"，近距离、小音量，要求字字把控稳健且细致，而张豫林的朗诵表达是由注重舞台表达的戏剧性、冲突性、新奇性带来的"大开大合"的表达风格，自成一家，极能调动听者的情绪，从而很快达到情感的共鸣。这种情感爆发点的惊奇感，其实就是张豫林一直强调的创作主体的创新和创造性表达。

重视文本转化、遵循美声规律、融会舞台表现，这是张豫林朗诵艺术的要义。他对于朗诵的认知与把控，对于创作主体的激发与二度创作的激活，是他的朗诵风格自成一家的前提。他重视朗诵在播音主持教学中的重要作用，他认为这种富有创造性的有声语言艺术表现形式，对于建构语言审美、提升语言艺术表现力有极其重要的作用。他的这种理念造就了"高口班"以及河南大学播音专业的品格与调性，也开创了河南省播音主持教学中关于表达基础课的定位与指向。

第六章　退而不休(1994至今)

1952年,初到焦作师范学校,困扰于教务干事工作的张豫林,对未来产生了迷茫:一边是教师行业的社会认可度并不高,这与张豫林立志从教的职业规划有些相悖;一边是教务干事的工作与张豫林的自我认同度并不匹配,这让张豫林找不到前进的方向。

一场电影洗礼了他的灵魂。

学校为提升师范生的职业自豪感,在校内播放了《乡村女教师》。这是一部红极一时的苏联电影,用诗一般的语言,向观众展现了一名平凡的乡村女教师的不平凡精神。女教师瓦尔瓦拉·瓦西里耶夫娜初到教育不受重视的西伯利亚,面对空荡无人的教室仍坚持上课,经过数十年如一日的耕耘,她的桃李遍天下。后来学生们从各地赶来看望她,瓦尔瓦拉沉浸在幸福的回忆中……这样的故事情节让张豫林感到震撼,他把瓦尔瓦拉·瓦西里耶夫娜当作自己的榜样与追赶目标,他觉得自己不再迷茫,更加坚守初心,坚定了对教师这个职业的信念。

就这样,一坚守就是70年。

张豫林本应在1993年满龄退休,由于当时新专业刚刚成立,中文系决定返聘张豫林继续执教一年,所以他于1994年正式退休。退休至今28年的光阴,足够让一个人从耳顺步入耄耋，也足够使一个专业由崭露头角到根深叶茂，在这本应颐养天年的28年里，张豫林选择了从教师岗位退而不休，选择了与教育事业分而不离。

第一节　新生第一课

2017年9月26日，河南大学综合教学楼某教室内，一堂特殊的课正在进行——85岁高龄的张豫林再次站上讲台，为2017级播音专业的新生讲授入学第一课。

这是张豫林思忖了很久的想法。

退休以后，张豫林依然每天按时来到小花园，或指导学生练声，或跟学生们畅谈。畅谈的过程不仅是授人以渔的过程，更是发现问题的过程：学生们似乎对专业学习和大学生活越来越迷茫，特别是随着媒体行业的革新与发展，学生们内心越来越躁动不安，对自己的专业认知越来越不清晰。张豫林萌生了给新生进行一次入学教育，为他们的大学生活掌舵的想法。这与河南大学播音专业学科带头人强海峰的想法不谋而合。于是，在新生入学军训结束后的第一节专业课上，85岁的张豫林重登讲台，为学生们讲述专业创办的历史，讲解专业的学习方法，告诫学生要树立职业理想。全程一个半小时的演讲里，张豫林充满激情，声如洪钟，结束时他早已是汗流浃背，但依然耐心而细致地回答学生的提问。

2019年9月,张豫林讲授"新生第一课"

"新生第一课"产生了极大的轰动,对于刚刚步入大学校门的学生们来说,第一堂课就聆听到专业创始人的讲授,这让他们的内心受到了极大的震撼,他们通过这堂课,不仅学到了专业技能,更感知到了张老师对于专业一丝不苟的精神以及对待教育事业认真、严谨的态度。

截止到撰稿,张豫林已经连续五年讲授"新生第一课"。最近两年,张豫林年事已高,体力、精力和脑力都大不如前,但是他依然坚持要求开设"新生第一课",直到自己讲不动的那天。

他从未将退休作为教学生涯的结束,相反,没有了日常教学任务的压力,他似乎迎来了"第二个春天",虽然离开了教学岗位,但是他却从来没有离开过学生。

自退休起,张豫林经历过两次比较重的突发疾病,这两次突发疾病都是辅导学生积劳成疾引起的。

第一次重病是在 1994 年。1993 年 9 月,广播电视新闻学专业通过审核,正式招生。适逢张豫林到了退休的年龄,如此一来,只剩下李晓华一名专业教师,系里决定返聘张豫林一年。即便不返聘,张豫林也一样会继续关注新专业的发展,新专业之于他,就像是自己亲手养育的刚刚蹒跚学步的孩子,他事必躬亲、全力以赴。他依然保持了过去几年每天督促、指导学生练声的习惯,甚至是"变本加厉":

> 一天之计在于晨,特别是播音主持专业,早晨的练声训练体现着勤奋度和基本功。河大两年学习,我的早课却是张老师逼出来的。我们是第一届播音主持专业学生,满校园都对我们充满"好奇",早晨练声更是要挑战自身的勇气和观者的容忍度,想想初练小提琴的人会被怎样评价即知。但张老师每天都会早早就等在练声处,等着我们几个弟子,然后就是老先生闻声练剑,我们随剑练声,时不时还能现场教学问与答。现在想来,那时的张老师就是保护神,不动声色的庇佑着青涩的我们。当然,我如果早晨没有去中文系小花园那儿练声,张老师会直接拿剑去敲我们宿舍的窗户——对,拿着剑,走过东、西斋房,跨过运动场到 13 号宿舍楼敲窗户,我那时常常后悔住一楼。
>
> ——乔新《张老师二三事》

新专业创办之初是专科,张豫林总觉得时间紧迫,为了让学生们在有限的时间内获得专业上的大幅度提高,他把每一项教学任务都填得满满的,并且充分利用课余时间进行额外的辅导,

第六章 退而不休（1994至今）

辅导经常持续到晚上十来点，他却从不因为持续时间长而降低授课的质量：

  当年做气息训练，我们要学习掌握一篇作品《跳蚤之歌》，要领核心就是熟练运用"弹气"技巧。那绝不是件轻松的事儿，要腹肌强控制，配合气息，腹部一直要用力，要连续弹气形成"哈哈哈"大笑的效果，非常累人。记得同组的马宇就曾差点"弹晕"过去。当时我们一个组5位同学，上小课时，张老师需要一个一个的辅导示范，根据每人的特点进行指导纠正。老师已是花甲之年，几个小时下来会累的间或歇息，可傻不楞登一心好学的我们很快又缠着他问个不停……老师的辛苦如今写来仍觉不忍，当年不谙世事、只顾索取的我们，多年后才真正懂得那是怎样的一种付出啊。

——乔新《张老师二三事》

  除了日常的教学与辅导，张豫林还要与李晓华共同探讨制定教学方案，增补教学内容，丰富教学手段，完善教学体系。李晓华是个能力很强的年轻人，有想法、有学识、有干劲，是张豫林的得力助手。张豫林经验丰富，更侧重于方向上的指引，李晓华年富力强，更多的是处理具体的事务；张豫林为新专业定了调性，李晓华为新专业丰满了内容……他们是师徒，更是工作伙伴，并肩走过新专业创办初期的艰辛：没有现成的录制设备，那就增加老师辅导的工作量，由电子设备录制改为老师的耳朵"人工"录制，再由老师反馈给学生；没有现成的教材，那就自己编教材，发声、诗歌、散文、故事、新闻样样不差，一本凝结了张豫林浓浓心血的《口语训练材料》很快就在学校传播开来，不仅为广电专业学生提供了专业学习的权威教材,也成为当时河大学子学习普通话的必备宝典,受到了广泛好评,一直沿用了很多年;没有充沛的师资,两位老师大课小课一肩挑、演出排练全负责、练声辅导不停歇,他们不断增加自己的工作量,超负荷运转是常态……

在这样的劳动强度下,花甲之年的张豫林撑不住了,突发脑血栓住了院。其实在发病前,他已经出现了眩晕、视物不清等症状,但是他只把这些症状当作劳累的反映,没放在心上,直到血栓发病。

家人害怕了,学生也担心了,大家都知道脑血栓会给一位老人带来什么,可能会偏侧肢体无力,可能会面部神经麻痹,也可能会吞咽困难,但这些他都没有太过担忧,唯独对语言功能障碍产生了恐惧,如果语言功能出现问题,他再也不能教学,再也不能朗诵,再也不能做示范了。这也许成了他康复的动力,痊愈的周期竟缩短了很多,康复效果也出奇的好。93级广电班是广播电视新闻学专业成立后的第一届,也是张豫林付出心血最多的一届,93级广电班的刘宇(现任天津传媒学院播音主持艺术学院院长)道出了全班同学的心声:

> 张老师在退休之后为了"广电班"的诞生与成长仿佛重新焕发了生命的活力,教我们课程的时候他已经60岁了,身体不好总住院,后来竟然奇迹般硬朗了许多,我们都笑着说张老师是返老还童了。
>
> …………
>
> 几乎每年暑假我都会和93级"广电班"的同学们相约

第六章 退而不休（1994 至今）

专程去探望张老师。外地的同学回到河南，同学相聚问的第一句话必是"什么时候去看望张老师"。同学们早已把张老师看作了自己最贴心、最信赖的亲人，甚至是可以在其面前任意撒娇的长者……越是随着年龄的增加，越是怀念大学时光；越是在工作上有一些收获，越是感恩老师对我们的培养。甚至在教学工作中遇到挫折遇到困惑，一想到当年在学校时老师对自己的包容与鼓励，便渐渐静下心来，对工作、对学生也耐心了许多。这就是张老师带给我们无形的力量。

——刘宇《我们对张老师的爱独一无二》

第二次重病是在 2015 年。河南大学播音专业的毕业汇报演出是一个延续多年的传统，不仅是对播音专业学生学习成果的总结与回顾，同时也是面向全校乃至全省高校的一次展示（每年的毕业汇演都会邀请兄弟院校前来观摩，许多院校的师生也将此作为一次难得的学习机会）。自 2009 年起，播音专业的汇报演出以"绽放"命名，并依惯例在大礼堂演出，将播音专业的毕业汇演提升至一个更高的规格。张豫林非常重视舞台演出对于教学的作用，也很关注这台演出承载的意义，每年的"绽放"，他都会询问演出的主题、节目的构成，也会到排练场地去看一看，身体状况允许的情况下，他还会主动请缨做压轴演出，先后共参演十余次。

为避免劳累，一般情况下，他只需在演出前的彩排阶段走走台即可，凭借多年丰富的舞台经验，他的演出总能赢得满堂彩。但在 2015 年的"绽放"演出中，张豫林有一个比较重要的节目，戏份较多。为了达到完美的舞台效果，他从最初的排练开始就全程参与，一直坚持到演出结束。演出很完美，但是第二天早上，张豫林起床准备去小花园指导练声的时候，一阵剧烈的头晕目眩，两眼一黑……医生的结论是旧疾复发，要求卧床休养，避免劳累。

每每提及此事，老伴儿周改华总是半担忧半埋怨，更多的是后怕。对于一位几近鲐背之年的老人来说，上台演出已经是很吃力的事情，而张豫林不仅坚持全程参与排练，而且在演出的当晚更是尽全力坚持看完整场演出。他的眼睛不好，舞台灯光的强烈照射对眼睛有很大的刺激；他的心脏也不好，震耳欲聋的音响会对心脏产生刺激。每次都是在老伴儿的屡屡劝说下，他才肯离去。张豫林每次出现在排练场、出现在舞台上，都是对专业的坚守，是对舞台的敬畏，是对学生的一次次洗礼，更是河南大学播音系的精神象征。

退休后，他的生活变得很有规律：早上6:30开始晨练，结束后他会准时出现在小花园，学生们的练声陆续开始，他挨个指导；早饭过后休息片刻，9:00左右就有学生到家中请教，持续到午饭；短暂午睡过后的时间，要么是读书，要么会有学生来上课……偶尔，他也会去找老朋友聊天、下棋，但是更多的时候他都在自己的一方天地里自得其乐，他只有在教育学生成长的过程中，才会觉得充实，这是他退休生活中最重要的部分。

退休后，他的时间也变得相对充裕，让他有精力去辅导非播音专业却热爱有声语言表达的学生们。闫白莎就是其中之一。她是一个喜欢声音艺术却嗓音略微沙哑又有些胆怯的女生，不自信，不敢表达。久闻张豫林大名的她，一直想向张老师请教，却总担心自己因为先天条件不好而被拒绝。没想到张老师爽快地收下了这个徒弟，从一个字、一个词、一句话开始，从气息讲到吐字，从共鸣讲到情感，日复一日地指导她。张豫林耐心、细致地一遍遍示范，一点点激发，闫白莎发现自己的声音不再沙哑，自信也慢慢地建立了起来。在张老师的鼓励和指导下，闫白莎参加了"河南大学境界剧社"，参加了多场话剧演出。

跟着张老师练声后，我发现，老人对学生一视同仁。不管是哪个专业的学生，只要是能找到他，愿意跟他学，老师都是敞开胸怀，以一颗育人之心去教诲。

——闫白莎《回眸，因为引路人在那里》

老师作为真正的榜样，一言一行散发出来的力量，学生是可以很容易感受到的，并真正为这种力量所折服。张豫林在传授知识和技艺的同时，无形之中更传递了耐心、专注、坚持的精神，传递了一种活到老干到老，一种投身教育、投身人的灵魂塑造工程的伟大的奉献精神。

第二节　薪火相传

一个集体，只有不断向前推动，才会获得良性发展。早在中文系任文艺理论教研室主任期间，张豫林就十分重视教师梯队建设，把培养年轻教师作为一项重要工作来做。他每周例行通讲教材，统一备课，并与年轻教师共同探讨教法，还主动承担教学任务，积极为年轻教师深造提供条件。王德颖是中文系85届的毕业生，是个有才华的年轻人，张豫林觉得他是可造之才，力保他留了校，成了自己的助教。当时的中文系重视选定研究领域的重要性，鼓励学生尽早确定研究方向，学生们按照个人实际情况选择跟随不同的老师进行选定科目的学习和研究，因此中文系一直有个风气：老师们除了上大课，还给个别有研究兴趣的同学"开小灶"。这个"小灶"是不收费的，却最耗费老师精力，也是教学效果最好的。凡是选择文艺理论作为研究方向的学生，大都是文学底子厚，并且阅读过大量书籍的，他们积淀深厚，再加上张豫林多年的学术积累和从教经验，可谓是"强将手下无弱兵"，每次"小灶"都异彩纷呈。每次给学生"开小灶"，张豫林都让王德颖做辅助教学，他不仅对学生毫无保留，对这位年轻教师也倾囊相授，从教学内容到教学思路再到教学方法，甚至于自己读研究生时导师发的油印讲义都分享给王德颖。在张豫林的悉心栽培下，这名年轻教师得到了很大的提升。

作为新专业的创始人之一，张豫林更是重视教师的梯队建设。创办伊始，筚路蓝缕，举步维艰，处处都是难关，但是最难的就是解决师资力量薄弱的问题。

1993 年，面对新专业始创师资严重短缺的情况，张豫林心急如焚：师资是核心力量，没有师资，专业发展寸步难行。他四处招贤纳士，终于想到一个最合适的人选——已在开封师范专科学校从事辅导员工作的强海峰。强海峰是中文系 86 级的学生，是第一届"高口班"的学员，在校期间表现优异，有极强的语言塑造能力，又有很强的组织协调能力。当时他已经在开封师专工作 3 年有余，鉴于工作能力突出，开封师专不愿放走这个人才，迟迟不给办理离职手续。张豫林说："关系过不来，人先过来，先把教学的问题解决了，没人给你发工资，我给你发！"有了张豫林的支持，强海峰在人事关系没有变更的情况下，安心地在河大教书一年。一年后，强海峰正式入职河南大学。1994年，张豫林正式退休，1996年，李晓华完成广电专业专升本的工作后，离开河南大学赴北京广播学院任教。强海峰接过两位老师的大旗，坚守在河南大学播音系的岗位上，后成为河南大学播音专业学科带头人。

张政法、李水仙、朱俊河也是"高口班"中的佼佼者，是张豫林和李晓华共同看中的人才。在张豫林、李晓华离任后，四位青年教师撑起了新专业的一片天。如果说张豫林、李晓华开启了河大播音的1.0时代，那么以强海峰为首的四位青年教师则开启了河大播音的2.0时代。

要完成从学到教的转换，不是一件容易的事情，从一个好学生到一个好老师，更是质的转变。四位年轻人的内心充满了惶恐。张豫林主动承担了"传、帮、带"的工作，他说："这是责任，不能拒绝。"在那两年里，去张豫林家里集体备课是四位年轻教师的"规定动作"，他们的常态是这样的：头一天把本周要上的课给张老师汇报一遍，张老师会对教学内容进行示范、点评与讲解，也会就教学方法进行改进和完善，更会预判学生有可能会在哪里出现问题以及如何更正，第二天，四个人现学现卖，把张老师讲给自己的内容"比葫芦画瓢"般地讲授给学生们……此时的张豫林已不再站上讲台，却是四位青年教师强大的精神支柱，尤其是对于李水仙来说，这种感受尤为明显。为了提高业务能力,强海峰到北京广播学院进修,一个月回校一次;张政法和朱俊河都还在读研,正式的代课老师只有她独自一人,面对着艰巨的教学任务,秉承着张老师"课比天大"的理念,"一定得把课给'捂住了'"成了李水仙的坚定信念。她压力倍增,她从未如此这般渴望年老,渴望自己一夜之间就能满头白发,变成一个像张老师一样经验丰富的老师,能"镇得住"学生。所以她没事儿了就往张老师家跑,不仅是学习教学方法,更是寻求力量,只有在张老师这"加油""充电"之后,才有能量、有信心、有勇气站在讲台上去面对学生。

四位青年教师就是在这样"催熟"的状态下迅速成长的,他们有强烈的担当意识,更有独具特色的教学方法。在这个过程中,他们不仅有传承,也有辩证与创新。

他们传承了自成一家的朗诵表达教学方法,传承了以舞台演出提升业务能力的教学手段,传承了"艺术创作必须以对文本进行充分理解为前提"的教学理念,传承了几乎没有业余时间、全身心投入课堂的教学传统,甚至连"蹭饭"都成了传承:他们热衷于去张老师家蹭饭,学生们热衷于去他们的青年教师筒子楼蹭饭,在蹭饭的谈笑风生中,一点点思想的火花被碰撞出来,一个个新鲜的教学案例被深入地探讨,一道道眼前的难题被化解攻克……后来,张政法、李水仙赴中国传媒大学任教,朱俊河赴上海体育学院任教。他们常笑称自己做了河大播音系的"逃兵",而事实上,他们是薪火相传的中坚力量,冲锋陷阵,开疆拓土,在拓荒者的引领下披荆斩棘、勇往直前,克服了新专业创办初期的阵痛,为河南大学的播音事业奠定了坚实的基础。

他们也带着在张老师这里取得的火种,在燃灯者的指引下,走向更远的地方,去点燃更多的灵魂,"声"生不息。

2002年,由原文学院广播电视新闻学、编辑出版学与历史文化学院广告学合并组建的河南大学新闻与传播学院正式成立。2003年,广播电视新闻学专业更名为播音与主持艺术学,在学科带头人强海峰的带领下,河大播音系进入3.0时代:教学设施不断完善,招生规模日益扩大,师资力量也朝着多元化发展——既有留校任教的钟倩、胡芃原、冯媛媛、谷小龙、王念秋、文玮玮,又有毕业于陕西师范大学播音系的孙玉婷,还有从省、市级媒体引进的路庆平、崔晓静,近两年又有栗江豪、练书锋等新生代加入。

虽年事已高,张豫林却始终关心时事、关注行业发展,对播音专业充满了热忱。他时刻关注着学院的发展,担心张政法等人的离职引起教学梯队出现空心化,担心更年轻的一代在教学上立不住脚,担心艺术类专业教师的科研与学术能力薄弱、后劲不足,因此,他时常耳提面命,每一位青年教师都接受过来自张老师语重心长的教诲,当然,更多的,是他对青年教师的尊重与信任、包容。

脱胎于中文系母体的河大播音系自诞生之日起就自带文质彬彬的基因,端庄大气,温文尔雅,不饰浮华。深受马克思主义美学观影响的张豫林非常重视创作者主体性的发挥,他始终认为,没有对文本的充分认识和深刻理解,就不可能表达得声情并茂,更不可能实现以情带声、以声传情、以情动人。因此,他尤其注重对学生文化素养和审美能力的培养与塑造,把"腹有诗书气自华"的理念作为他教学思想的基础并贯穿于教学实践的始终。张豫林为播音专业着了色,定了剂量,赋予了调性、格调与品位。他之于河大播音系,是精神脊梁骨一般的存在,学生们和青年教师们庆幸遇见这样的一位长者,仰望这样一种高度,传承这样一种人格和精神!

第三节 "笃学修行,不坠门风"

家是最小国,国是千万家。作为社会的最小因子,家庭的风气直接影响到整个社会的良性发展,"家风正,则后代正,则源头正,则国正"。《礼记》有云"笃学修行,不坠门风",意思是学问踏实,品行端正,能维持门风。作为教师,家风连着师德,师德影响着家风。

张豫林尤其重视家风的力量。

他出生在一个教师家庭。爷爷是十里八乡闻名的读书人,教人识文断字,在当地颇有威望。从小与爷爷共同生活的张豫林,总是随着爷爷走街串巷教人"学文化",年纪尚小的他虽然有很多内容听不懂,但是乡亲们敬佩的目光、感激的态度,让他觉得"教文化"真是件好事。父亲是体育老师,做过教导主任,新中国成立后任开封十二中校长。年少时期的张豫林跟随父亲在其工作的学校读书,父亲对待工作始终精力旺盛,似乎一刻也不得闲,对待学生严格要求,却与人为善,深得学生敬畏,张豫林折服于父亲对待工作的热情和对待学生的耐心。母亲先后做过小学语文教师、中学音乐教师,对张豫林影响很大,是他艺术道

第六章 退而不休（1994 至今）

路上的启蒙者。张豫林第一次看《乡村女教师》的时候，母亲在课堂上的形象不停地与瓦尔瓦拉上课的样子相重叠，在张豫林的心目中，母亲就是女教师的第一诠释者。

在这样的耳濡目染下，张豫林"条件反射"般地选择了教师这个职业，这是家风对他的感染。在自己也组建了小家庭后，这样的"耳濡目染"仍在继续。

第一个被影响的就是他的爱人周改华。周改华大学毕业后被分配到鹤壁教书，和丈夫分居 8 年后调回开封，任开封二十二中语文教师，并承担毕业班班主任的工作。起初，周改华有点不太情愿，毕竟一双儿女尚且年幼，自己又是刚从外地调回，陌生的工作环境需要适应，再加上张豫林的工作也很繁忙，实在是让周改华分身乏术，想要退却。张豫林看出了周改华的心思，他主动做了妻子的思想工作："让你带毕业班，是对你能力的认可，毕业班的工作也是最能体现老师重要性的。学生在这么重要的人生节点，他们需要一个好老师。你放心去工作，孩子交给我，家里的事也交给我！"周改华哪里会想到，平日里十指不沾阳春水的张豫林当了真，不仅在自己繁忙的工作之余把家里的事打理得还算井井有条，并且还学会了蒸馒头、包包子……每天晚上八九点钟，拖着疲惫的身躯辗转几次公交车才能走到胡同口的周改华，都会看到张豫林抱着年幼的儿子，站在昏黄的路灯下等她回家……

平日里，夫妻俩还热衷于业务探讨，周改华也总是向张豫林请教，请教文学知识，也请教教学方法。在多年的教学实践中，周改华摸索出了一套行之有效的教学方法，她总结出的"六个一"理念，得到张豫林的认可，也让很多学生受益匪浅。

一个好身体。就是注意锻炼和养生。体育锻炼就是每天跑步、散步、游泳,或做健美操等。养生就是要注意营养。

一张铁嘴。要有好听的声音,要能说会道,要背唐诗宋词,每天一首。背的多了,不仅学问有了,铁嘴也练成了。

一肚子学问。重要的还是要有一肚子学问,要读万卷书,从书中汲取知识、增长智慧,让青春伴随着书香成长。

一笔好字。俗话说字是人的脸面,字写得好了,人们就会对你有个好印象,自己看着也很愉悦。

一手好文章。每天写1篇,日久天长就把文章写好了。

一个具有高尚道德的人。做人要具有共产主义的思想和品德,要大公无私,多为人民着想,要仁爱、善良、诚实、诚信,更要有爱国主义精神,还要具有四气:志气、骨气、正气、文气。

夫妻和睦、伉俪情深也是良好家风的重要体现。张豫林与周改华近60年携手相伴,即将奔向钻石婚,他们是彼此的良师益友,也是彼此的亲人与依靠;他们志同道合,互相扶持。他眼睛不好,她帮他整理书稿与笔记;他腿脚不便,所行之处必有她的搀扶与陪伴;他记忆力减退,所有的采访、来访,她都相伴在侧,提醒与照料……

在家庭环境的熏陶下,女儿张茵也走上了教育工作岗位。张茵5岁时来到开封跟随父亲生活,受父亲的影响颇深,9岁时就凭借散文朗诵《海燕》获过大奖。张茵遗传了父母的优良基因,能唱能跳,又有着一副好嗓子,音乐老师慧眼识珠,建议她去考戏校,张豫林也觉得女儿是个搞文艺的好苗子,同意她报考。果然,张茵不负众望,从700多人中脱颖而出,一举夺魁。考入戏校后，她师从"豫剧皇后"陈素真，12岁时在豫剧《拾玉镯》中出演小媒婆刘妈妈一角而被人熟知，16岁时在人民大会堂上演《牡丹仙子》等豫剧剧目，受到王光美等人的接见。张茵很感谢从小学习豫剧的经历，练就了她的好嗓子，提升了她的舞台感染力。更为重要的是，每次排戏，父亲都会给她讲戏、导戏，帮她分析角色，剖析不足，这使得她塑造的角色总要比别人塑造的鲜活，让她领悟到什么是正确的艺术创作道路。

离开剧团后，张茵选择到河南大学深造，大学期间，在父亲的指导下多次参加演讲比赛、朗诵比赛，并多次获得省级奖项。毕业后，张茵在电台工作，主要播报早间新闻，并获得河南省劳动模范称号。

受父母潜移默化的影响，张茵觉得教书育人才是她最终的追求。她先后在黄河科技学院、四川传媒学院任教，并获得优秀教师、优秀共产党员称号。

在张茵的心目中，张豫林诚然是个好父亲，但是当"好父亲"与"好老师"发生冲突时，"好父亲"是一定要为"好老师"让路的。未从教之前，张茵虽然习惯了父亲的书房从未断过学生，习惯了父亲对学生细致耐心、不厌其烦，但她还是不太理解究竟是什么样的信念能支撑着父亲像永动机一样，对学生、对教书永不厌倦。当她走上教育工作岗位后才发现，对学生的这份爱的的确确要全身心去投入。因为自己不仅是在教书，更是在育人，是在对学生的学识、人品进行一个综合性锻造。最好的教育不是只通过语言实现的，而是通过身体力行，老师的一言一行都是对学生最好的教育。所以，从不理解到理解，到心里对父亲的这份爱和敬佩,再到传承他"不严无以成教,存爱方能育人"的教育理念和家风,张茵在自己的工作岗位上践行和传承着这句话。

张豫林的外孙张丹若是听着外公的朗诵长大的,小学时期的一次合唱比赛中,小丹若在没有任何人指点的情况下,竟然朗诵得像模像样,展露了天赋,让张豫林倍感惊喜。考大学报志愿时,他毫不犹豫选择了播音与主持艺术专业。大学期间,曾与田薇(后与张丹若结婚)合作获得齐越朗诵节二等奖。重庆大学播音专业毕业后,张丹若也继承了外公的衣钵,任教于四川电影电视学院,成为一名播音与主持艺术专业的教师。妻子田薇也是一名大学老师,从事播音与主持的教学工作。两个年轻人都对老师这个职业怀着敬仰之情,看到外公和母亲(婆婆)每天都在辅导学生练声、做示范,他们深受触动,也感受到了肩上的责任,他们将继续传承张豫林的教学理念,传承给下一代的学生。

三代衣钵传承,共谱杏坛佳话。自张豫林起,一家三代人,都以教书育人为自己终身的事业,家风即门风,后辈们也都在一丝不苟地实践并传承着这样的家风。

第四节　让朗诵走近大众

朗诵艺术相较于其他艺术形式,大众的参与门槛相对较低,参与形式也较便捷,且艺术效果较好,近些年来,越来越多地为大众所接受与喜爱。朗诵不仅发挥着其本身的艺术功能,现今越来越多地发挥着其本身所具有的社会功能。比如,朗诵艺术有助于中小学生语言感知系统的建立,有助于全民文学素养的提升,有助于促进普通话的推广,有助于中华民族认同感的培养,有助于文化自信的提升。这是全国政协委员、著名演员张凯丽在2020年全国两会上关于进一步推进朗诵艺术普及的提案。推广朗诵艺术,也是张豫林退休后一直在做的事。

张豫林一直重视高等教育的社会服务功能,也始终肩负着语言工作者的社会责任。早在"高口班"时期,他就经常带领学生走向社会,参加"推广普通话"和"学习雷锋"等宣传活动,在这个过程中,既实现了理论与实践的结合,完成了教学成果的转化,也促进了大学生社会服务功能的实现。

退休后,他也有了更多的精力去做一些社会事务。而真正激发他在普罗大众中推广朗诵艺术的"催化剂"是一名叫作秀玲的家政人员。由于长年在外工作,女儿张茵无法照顾父母的饮食起居,只能请家政人员代为照料,这个人就是秀玲。秀玲五十来岁,诚实善良,勤快能干,张豫林和周改华对她的工作很满意。每当张豫林给学生指导朗诵的时候,秀玲总会"一心二用",边干活边支着耳朵听。原来,秀玲非常喜欢朗诵,虽说没念过多少书,却喜欢朗诵的情感表达,并且总想多学点唐诗宋词的朗诵,将来教给自己的外孙。老师没有理由拒绝勤奋好学的人。自此,张豫林和周改华一有空就会给秀玲指导一番,慢慢地,秀玲的朗诵愈来愈像模像样。两年后,秀玲到外地抚养外孙,在日常的问候电话中,张豫林得知秀玲不仅参加了当地的老年艺术团,还担任团里的领诵,得到大家充分的认可。这让张豫林感到很欣喜,他从秀玲身上看到了朗诵给人带来的改变,看到了朗诵在大众当中的受欢迎程度如此之高,更看到了这种艺术表现形式对于提升普通人乃至整个社会的文化素养和艺术品位所起到的重要作用。

在清晨的小花园里，张豫林发现有越来越多的朗诵爱好者在练声，他们当中有年轻人，也有老年人，他们也都注意到了张豫林，看到了他指导学生练声的场景。他们往往是在学生们练声结束后向张老师请教，他们也都经历了从担心、迟疑、不敢开口，到日臻娴熟、游刃有余的转变。

张豫林不只驻足于校内的小花园，他认为专业人士应深入基层，身体力行地普及朗诵艺术。多年来，他深入机关、社区、学校、企事业单位等，为基层比赛进行指导与点评，为朗诵爱好者进行系统讲解：他赴开封市实验小学为学生和教师义务宣讲、指导，深入推进了"朗诵进校园"活动；他赴解放军155医院为医务工作者组织朗诵会并表演、点评，搭建起展示、交流、学习的平台；他赴空军驻开封某部队为士兵们进行义演，为"朗诵进万家"出力添彩；他还录制了一批高质量、高水准的经典诵读类出版物，赠予朗诵爱好者观摩与学习……让人民群众感受到这种艺术形式的魅力，并为他们带来高水平的艺术享受，也为朗诵艺术的普及推广贡献了力量。

在学生中传承对专业的无限热忱与专注，在青年教师中传承优良的教学传统、教学理念与职业操守，在家庭中传承优良家风，赓续教书育人基因，在社会上传承语言表达艺术的美感与追求……张豫林自言他要一辈子在河大教书育人，四时而不衰，温不增华，寒不改叶，坚守在这里。退休前，他作为一名教师，从事教学是他的本分，理应如此；开创一个新专业是他工作的扩展，

第六章 退而不休（1994至今）

也算是分内之事。而退休之后，他的义务教学、辅导等分外之事，属实是将他的教师生涯升华了。他是在做加法，在无限延展，不仅延展到了边际，而且满溢出来，这样的人生，熠熠生辉！

某天课后，有个学生问张豫林："您每天这样上课、下课，几十年来如此重复，既没名，也没利，您觉得值吗？"张豫林笑了笑："你说呢？"第二天，张豫林赋诗一首，算是对这位同学的答复，也是对自己执教一生的真实写照：

位置与价值——一个教师的潜台词

我是

万头攒动的人海中

被挤掉在角落里的

一根头发

我是

喧嚣奔泻的历史激流里

迸溅在沙岸上的

一滴水花

头发

默默腐烂

化作绿茵

铺满原野

水花

渗进泥土悄悄滋润

春的嫩芽

无须计较位置的显赫

即使名字不会像流星划过夜空
闪出瞬间的光华
无暇奢谈个人的价值
匆匆赶路
唯恐时不我待
霜染鬓发
生命的真谛
不是肌体无谓蠕动的可怜的延长
它是能量的
无穷无尽的
猛烈喷发
谁能
躲过时光老人的利剑
谁能
将生命之火燃烧到
永恒无涯
最后的瞬间
终将来临
在五花八门的潜台词里
有一个声音
最是自豪 峻拔
我已把生命之光
凝结在人类青春的旗帜上
全部的细胞

第六章　退而不休（1994 至今）

都镶嵌在第二
第三代建造的现代文明的
金字塔

后　　记

接到为张豫林先生立传的任务,我惶恐不安。

首先是因为这套"夷门传薪学人传"丛书是河南大学优秀学术传承计划的子项目,是为校庆110周年献礼,意义重大;其次,传主张豫林先生是河南大学播音专业的奠基人,多年来潜心于专业建设,爱生如子,他是河大播音系的一张名片、一个符号,声名显赫;再者,于我个人来讲,学术论文、课题报告写过不少,人物传记却从未有所涉猎,总担心自己能力不足,不能将先生丰富多彩、熠熠生辉的经历刻画得全面而立体……

能力有限,好在态度端正。自接到任务起,我便打起十二分的精神投入到传记的写作中。

先前,我与先生的接触并不多,在我刚留校的那几年,曾受惠于先生的教导;在每日练声的小花园,他以他特有的方式给我串讲了练声技巧和教学方法;他也时常耳提面命,让我多做学术研究,以弥补艺术类专业科研能力薄弱的短板。先生是和蔼的长者,是博学的师长,这是先生在我心目中的形象,也是每一位学生心目中先生的形象。

随着写作任务的逐步推进,随着与先生的接触愈加频繁,他的形象也日臻丰满起来。经过多次的采访、查阅、求证,从年幼写至耄耋,我力图还原"张豫林"的人生,而并非只描绘"张老师"的形象。遗憾的是，毕竟时间跨度较为久远，很多史料遗失，加之先生年事已高，记性大不如前，传记难免有遗漏之处，期望能再有修订增补的机会。

感谢河南大学提供了为先生立传的机会。

感谢张豫林老师和周改华老师热情耐心且不厌其烦地接受我的采访、解答我的问题。

感谢强海峰老师、张政法老师、李水仙老师、朱俊河老师，他们都是我的老师，也都是张豫林老师的学生，他们为我提供了丰富而翔实的资料，帮我寻找写作角度、理顺写作思路，给了我莫大的帮助。

感谢金惠敏老师、娄开阳、张纳新、刘宇、乔新、王静、管媛等师兄师姐，以动人的文字记录与张老师的过往点滴，为传记提供生动的素材。

最后，也要感谢我自己。书写传记的过程于我而言是挑战，也让我收获满满，不仅收获了显性的成果，也收获了隐性的财富：有"参与"他人人生而体悟到的生命的丰富与无穷，亦有在我数次遇到创作瓶颈甚至要放弃时，收到的关爱与鼓励。

先生始终将播音系的专业建设悬挂心头，借立传之机，我梳理了河南大学播音系的发展历程，也算是一位青年教师为专业建设略尽了一份绵薄之力。

文玮玮

2022 年 6 月